張友漁 著
壞學姊
The Senior

推薦序

雙聲道裡的多聲道

兒童文學作家　林世仁

作家大概都有一種恐懼：怕自己的心血沒法印製成書，或者更糟——被別人偷去佔爲己有！《壞學姊》的主軸便是這樣一則公案。不過，友漁解析這則公案的手法很特別。她用「第一人稱」的方式來述說故事，而且一次兩個，用「雙聲道」來爲故事發聲。

前後上場的兩位主角，一個是「被欺侮」的男生「猴子」，一個是「欺侮人」的女生「麥子紅」。他們從各自的角度來述說故事：猴子的聲音說出故事的外觀，麥子紅的聲音則呼應、解析、補足並拓展了故事內裡。後一個聲音疊上前一個聲音，我們便「兩次」進出故事，由表面而深入了肌理。這是「橫向的雙聲道」發聲。

妙的是，在主角麥子紅身上，又出現了一個詭異的「縱向雙聲道」——除了麥子紅，還有一個她的「前世」宋暖暖的聲音！這爲故事增添了靈異氣氛，也在文章體例上出現了「寫實和奇幻」的雙聲道。

友漁始終在進步，但不變的是：她的文字有一種「呵護人性」的暖度！不論討論什麼「黑暗議題」，人物不管如何撒潑，都不會讓讀者掉進「黑暗社會」的黑暗深淵。想一想，可能友漁心底那枝五彩筆，本身便是一枝混合著雙聲道的奇異筆——兼容了「少年小說的眞實面」和「童話的甜度幻想」。

《壞學姊》其實只是一個由人性的貪執和疑懼所凝聚而生的面具，友漁用輕鬆、詼諧的筆調，帶領讀者從課堂上的小霸凌事件，一路追溯到上個世代的一次創作上的「霸凌事件」。在結尾，友漁爲故事扣上了一個體貼扣環，把故事暖暖地闔上，讓人讀得心窩一暖！

推薦序

經驗真實和情感真實的「有機加總」

兒童文學工作者 桂文亞

會說故事的小說家，總能把故事說得像「眞」的一樣動人，這「眞」，指的是經驗眞實和情感眞實的「有機加總」。再經過變奏組曲，自然發酵成了「假作眞時眞亦假」，趣味橫生亦耐人尋味了。

《壞學姊》雖說以「前世今生」已有先例的穿越劇布局，卻另有一番新貌。在節制、從容、節節推進、布局嚴謹和生動的文字敘述中，爲讀者提供了一面「廣角鏡」，既能綜觀全局，又能「格放」細賞。

其一，人物形象勾勒生動。從留級生「壞學姊」麥子紅製造的「便當盒」事件開始，懸疑兼笑點不斷，一路引出同學「猴子」、老師「萬子」和同儕間的學習互動。作者以「一正一反」兩面思辨討論，來引導讀者邏輯辯證的興趣，對現行校園「只聽不問」的刻板教學方式，具有警示意圖。

其二，家庭人倫間的「關懷」與「愛」，生活化的場景與對話，自然且飽含感情。譬如老人失智、子女教養、手足相處、親情互動，都是透過一個個小故事，串連而成；閱讀者「有感」，是因爲這一幕幕也正在多數家庭中有笑有淚地上演。

其三，語言與情節的張力。鮮活、大膽、準確，一部讓人欲罷不能的長篇推理奇幻小說，文字情節勢必需要圖像感、壓力感，聲情並運。張友漁即善用自身編劇的經驗和能力，讓文字呈現立體空間。現代語彙運用靈活，該「鬆弛」的時候「雅」，該「緊張」的時刻「粗」，不少橋段相當爆笑，又有不少追索失蹤遺作的心思，讓人體會「少女情懷總是詩」。這一則展現了作家甚諳世事的粗放老辣，也突顯了一名有社會責任感和文學情懷的小說家的內在靈性與才情。

推薦序

「書中書」，一個個待解的謎題

親子作家 陳安儀

張友漁本是我兒子女兒的偶像，她的書在我們家十分搶手。然而一看完這次的新作《壞學姊》，她更成爲我的偶像了。因爲這本融合前世今生、懸疑推理的少年小說，眞是我看過本土作家最成功、最精彩的作品！我不但一口氣讀完，讀完之後，還有一種蕩氣迴腸、餘韻繞梁的感覺。

《壞學姊》的劇情，繞著一本「書中書」展開。一部出版了卻沒有上架開賣的小說、一本失蹤的筆記、一間奇怪的二手書店、一對相差五十多歲的忘年之友，因著一段前世今生的記憶，成了一個個待解的謎題。推理小說最吸引人之處，也是作品最難經營之處，除了劇情要曲折離奇、精彩緊張之外，就是萬萬不能讓讀者輕易猜出最終的結局。這一點，《壞學姊》做到了！隨著故事像地圖一般地開展，抽絲剝繭地揭露一個又一個的關鍵，整張網細密無瑕，沒有絲毫牽強。

此外，以青少年爲主角的青少年小說，常有一個問題，就是寫作的語言太過成熟、咬文嚼字，往往給人一種怪誕感：年紀輕輕的孩子怎麼可能出口成章？但若整本書的口語都是輕薄膚淺，又很難去形容一些需要描繪的場景，或是精緻的深層思維。但是作者在《壞學姊》的女主角麥子紅身上，以「前世今生」的方式克服了這個問題。

聰明凶悍的留級學姊麥子紅、溫和寬厚的乖乖學弟侯至軒、了解學生卻常語出驚人的萬子老師、守候著前世知己的老爺爺阿帕……，書中每一個角色，性格鮮明，語氣與行爲活跳跳得彷彿就在你我四周，吸引著人一頁一頁、迫不及待地往下翻讀。友漁不但寫出了令人欲罷不能的推理情節，也寫出了青少年的心理和成人世界的人性，更寫出了對文學、寫作的熱愛，是一本愛書人看了都會喜歡的作品！

推薦序

名字小拼圖

作家　黃秋芳

小說的閱讀和創作，是一種深層而全面的心智鍛鍊。作者在下筆的那一瞬間開始，精密而周全地布下相生相映、前後呼應的「局」，和讀者角力，在閱讀轉彎處，隨時埋藏著不同層次的線索，形成奧妙又充滿趣味的「解碼」魅力。解讀小說，就允許一百萬種可能，回應每個人不同的個性、熱情和成長背景，讓讀者跟著在閱讀世界裡「再創作」。

深入小說中的名字，用自己的理解拆解和重建，成爲小說閱讀最簡單又最有趣的「基礎偵探課」。比如說，在《壞學姊》這本書裡，每一個名字都像一則小謎團，等著我們找出答案：

壞學姊：壞學姊壞嗎？爲什麼有人必須把說謊當作呼吸呢？這樣生活著的每一天，快樂嗎？

麥子紅：麥子剛發芽的時候，嫩薄鮮綠，帶著透明的希望；麥子成熟後為大地鋪上金黃，向世界預約溫暖、豐收。如果麥子紅了呢？是過度的疼痛？欲望的陷落？生命的不甘心不放手？所以必須拚卻一切，染上最強烈的印記？還是，鮮紅的愛，呈現著對這哀喜浮沉的人間，最後的深情眷戀？

麥子豐：弟弟的陪伴，是麥子豐收了？還是麥子瘋了呢？

趙亮芬：好朋友就是這樣吧？彼此照亮，同時也彼此分享，是不是？

侯至軒：「軒」是貴族的篷車、明亮的窗戶或廊簷，好像一種名字預言，這隻連做壞事都要反覆計畫而且連連出錯的小猴子，在每一個人生轉折，是如何通往明亮的高處呢？

侯至柔：至柔的人無懈可擊，誰能辯得過侯至柔小妹妹啊？

魚小章：前世是章魚的作家，是不是有很多隻腳同時在創作？會不會「張友漁」剛好就是其中一隻腳的筆名？引起所有波瀾的小筆記，是怎麼被她收藏的呢？

萬子：「萬」是蟲的象形字，假借為無限變化，會不會這就是萬子老師創造「人類低下論」的基礎？

阿帕：原名羅文柏的守護者，從「柏」到「帕」，是不是為了讓我們知道，擁有一顆潔白的心，情願從堅韌抗寒轉化成柔軟？一如麥子紅落淚紅腫著眼睛時，侯至軒為她準備的一方濕巾？

何一諾：大宇宙書店老闆，爲了一諾，以及想不清爲何動搖的瞬間，一生糾纏在愧負中，跑遍每一家出版社，制止《非正常日記》出版。他的人生負擔，究竟卸下來了嗎？

阿德：何一諾的兒子，把書店名字從「大宇宙」改成「浩瀚」，他的宇宙消失了，在無邊浩瀚中，最後找到答案了嗎？

宋暖暖：所有遺憾和痛苦的起點，卻也是夢想和堅持的典範，最後，到底她又如何爲糾纏在她生前身後的每一個人，送來暖暖的新人生？

宋慈：宋暖暖最後留下來的姊妹，是不是缺憾和痛苦會消失？只有慈愛才能永恆？

當我們打開這本書，認眞找出自己的答案，以及超越答案的溫暖和感動，關於這些名字的小拼圖，很快就可以拼組出更多美麗的風景。

推薦序

眼睛看到的，不一定是事實！

新北市書香文化推廣協會理事長　蔡幸珍

故事的女主角由男主角的口中介紹出場，她是一個栽贓、說謊、欺騙、留級的國中女生，我想，家中、班級上如果有這樣的人物，大概都是讓家長、導師傷透腦筋吧！然而，在女主角的自述之下，才知道這一切都是她為了調查一個奇案的刻意行為。哇！這下誤會大了！留級不是她笨、不認眞，如果她想的話，她也是能拿到全班第一名的。

《壞學姊》給了青少年宣洩的想像空間、使壞的出口。青少年有許多的「苦」，許多說不出、理不清的情緒。在眞實世界裡想做不能做的事，想罵不能罵、想說不能說的話，在這部小說中，這些非正常的行為，有了出口，都獲得接納與認同。

《壞學姊》也給了家有叛逆期青少年的家長讀者，許多的安慰與希望！原來當孩子的心不寧靜時，老會想著去做激怒誰來轉移內心的煩躁。原來孩子非正常行為的背後，藏有著不為人知的故事，藏有著待解決的生命問題。身為家長的我們，需要相信孩子，需要給予孩子足夠的愛與支持、時間與空間。信任孩子有解決問題的智慧，讓孩子知道，如果需要的時候，我們一直在身邊，願意伸出援手幫助他們。

這部小說藉由不同說故事的人來說故事，「我」一直變化著，敘述觀點多元，呈現多種角度來看一個事件。原來眼睛看到的，不一定是事實！身為讀者的我，藉由書中不同的「我」說出的故事為線索，扮演偵探，享受挖掘出眞相與事實的趣味！這部小說的寫作技巧高明，提供「書中書中書」多層次迴圈的閱讀興味！

目錄

第三部

第一部 1 災難

我是侯至軒，大家都叫我猴子，我覺得無所謂，只是個綽號而已。

暑假過後，我升上八年級。在遇到壞學姊之前，我覺得我的人生大概就是這樣平平凡凡、普普通通一直到人生終了。因爲我一點也不出眾，沒有什麼驚人的才能，會背的唐詩宋詞不超過五首，不會彈吉他，笨手笨腳地連疊杯都超過二十秒；最大的優點就是還能專注地閱讀一本書，書讀多了，作文自然就比其他人好一點，一點點而已，這並不是什麼偉大的天賦。

一直到我遇到壞學姊，我的人生終於出現關鍵的分界點，如果我沒有變成更好的人，那肯定會變成心理不平衡的壞蛋。

壞學姊是誰？

是一個留級生。

聽說，她的學年成績只有一科是十位數，其他都是個位數；如果你因此認爲她是個笨蛋，那你就大錯特錯。

開學第一天，在校門口，一個看起來七十幾歲的老爺爺，手上拎著一個用褪色的紅色碎花布包裹的便當盒，他把我攔下來，將便當盒往我胸口一塞，用略帶命令的口吻說：「麻煩你幫我拿給八年七班的麥子紅。」

小事一件。我把便當盒放在胸口的位置，還是熱的，真幸福，是現做的便當。如果我把我的便當換成這個，會怎樣呢？念頭只是一閃而過，我並沒有那樣做。我是個只敢胡思亂想，卻不敢身體力行的膽小鬼。我走到八年七班教室門口，這才想起八年七班是我的教室，但是我們班上並沒有一個叫麥子紅的同學呀！

我坐在座位上，看著桌上用老土的碎花布包裹著的便當盒，是熱的，不可能是炸彈，況且我最近也沒有得罪誰，沒有理由被炸彈攻擊。是那個老爺爺說錯教室了？八年一班說成八年七班？很有可能。我帶著便當盒從八年一班走到八年九班，再從九年一班問到九年九班，問了十八次：「有沒有一個叫麥子紅的人？」

沒有，沒有一個叫麥子紅的人！

當我正要離開九年九班教室時，有個男生走到窗戶邊大聲嚷著：「去八年級找啦！」

「我已經找過了，沒有。」我回了一句。

「那可能轉學了，是我都要轉學的。」那個男生輕蔑地說著。

轉學？老爺爺不知道孫女兒已經轉學還送便當來？有這麼迷糊的爺爺？

我就這樣被一個便當打敗了。

我走回自己的教室，早自習已經開始了，萬子抬頭看了我一眼。萬子是我們班的導師，教國文，一個講究自然的人，除非你做得太過分，做了類似拿椅子打爆同學的頭，用鉛筆戳別人的屁股這類不自然的事，他才會祭出他的懲罰——每天放學留下來坐在教師辦公室的沙發上閱讀一個小時，直到讀完整本書。如果是我，就不可能讓我讀一個小時課外書，因爲那是獎賞，而不是懲罰。如果是我，我就得去跑操場五圈。

我把便當放進抽屜裡，告訴阿珠這件事。

「把便當給我，我早上沒吃飽。」阿珠盯著抽屜裡的便當。

「不行。」我把手伸進抽屜裡壓著，避免阿珠行搶。

「我建議你把便當打開來看一看，確定一下裡面裝的是不是食物。」

「如果不是食物是什麼？」

「我怎麼知道，誰說便當盒一定是用來裝飯菜的？」

這話什麼意思？便當盒不裝飯菜裝什麼？我的心往上提了一下，有誰知道我害怕毛毛蟲？便當盒裡裝的是毛毛蟲嗎？炒熟的毛毛蟲？不會有人這麼無聊吧！

第一節課，萬子老師帶著一個身材瘦高的女生走進教室，那個女生斜眼瞪了全班一眼後，眼睛就一直看著天花板上的日光燈。

「這是你們的新同學。」萬子轉頭對著女生說：「你跟大家做一個簡單的自我介紹吧！」萬子老師笑容親切地看著那個女生，等著她開口自我介紹。那女生依然望著日光燈，彷彿她是一隻準備撲火的飛蛾。

萬子老師尷尬地傻笑一下，說：「她叫麥子紅，希望大家可以幫助她適應新環境。」

麥子紅？她就是便當的主人？我莫名其妙地緊張起來，一顆心砰砰砰地劇烈跳動。她被指派到我後面的空位坐下。她經過我身邊時，我想了一下要不要把便當遞給她？還是下課再給吧！沒想到這僅僅一秒鐘的遲疑，就締造了人類史上最悲慘的冤案。

這一堂課上得很痛苦，有一件重要的事等著我去做，根本無法專心聽講。坐在我左邊的阿珠趁著萬子寫黑板的時候丟過來一張紙團，我打開紙團，上頭寫著：

賓果！創校以來的第一個留級生，變成我們的同學了。

哈哈，恭喜你，她就坐在你後面。

什麼？麥子紅就是那個留級生？我張大眼睛看著阿珠。阿珠點點頭。我的眼角餘光掃到麥子紅雙手交叉在胸前，正目光冷冷地望著我們。我趕緊轉頭假裝抄寫課文。開學前就聽說這件事，有一個人的學期總成績只有三十分，所以留級了。這個人居然是麥子紅，她看起來很機靈，一點也不像會留級的人呀！

下課後，我轉身將便當交給麥子紅：「早上我在校門口遇見你爺爺，他叫我把便當交給你。」

麥子紅冷冷地瞪了我一眼：「他是我爸爸。」

「啊，喔。」我不知道說什麼，趕緊轉過身去，接著我站起來走出教室，還是去上廁所好了。

災難從來就不是由單一事件造成，而是由接二連三的錯誤串連起來的。如果我不去上廁所，也許災難不會發生，但是我註定要離開教室去上廁所。

當我上完廁所回到教室，一大群人圍著麥子紅和我的座位，嘰哩呱啦地討論著什麼，萬子老師也在。

好不容易擠進我的座位旁邊，發生什麼事了？所有的人看著我。阿珠指著麥子紅桌上的便當盒，便當盒蓋已經打開，一個荷包蛋、三塊紅燒肉、韭菜炒豆乾，還有一塊白白的像山藥的東西。菜色相當豐盛。

便當有問題嗎？

「你為什麼要這樣捉弄新同學？」阿珠歪著頭故意問。

「我？哪裡有？」我不明白。

「你為什麼要在便當盒裡塞橡皮擦？」萬子問。

橡皮擦？我又看了一眼便當盒，那塊像山藥的東西原來是橡皮擦。

「不是我，我沒有，我根本沒有打開便當盒。」我趕忙解釋。

「有同學看到你拿著便當盒走出教室。」萬子說。

「那是因為，我不知道麥子紅是誰？去別間教室問。」

所有的人看著我，他們用眼神質問我，為什麼要欺負一個留級生？

麥子紅歪著頭仰著下巴斜著眼瞪我，她的嘴角有一絲嘲弄的笑意。我百口莫辯，心裡明白被捉弄了；她一定是試圖用這種卑鄙的手段，轉移大家對一個留級生的注意。我去上廁所不過三、四分鐘的時間，足夠讓她打開便當盒塞進橡皮擦。

最後，我道歉了，為了我完全沒做的事向麥子紅道歉，否則我必須送訓導處，然後把我爸媽請來，然後在我的記錄欄裡加一個警告。

我不希望有一天我當上了行政院長，我的政敵把我這項紀錄挖出來，證明我的人格有瑕疵，因為我曾經將一塊橡皮擦塞進女同學的便當盒裡。

中午我把我的便當讓給麥子紅，因為我弄砸了她的午餐。那我的午餐呢？我變成丐幫大幫主了，徐哲文請我吃一塊豆腐；李保安請我吃一塊魚排，他最不喜歡吃魚；阿珠則把便當盒裡所有黃色和紅色的東西挑出來；其他同學也把平時不愛吃的東西都堆到我的面前。我今天變成餿水桶，專吃別人不要的，但是，我心存感恩，如果沒有他們，我會在下午第三節課時餓死！

今天眞是一場災難！

麥子紅做了這樣的事，居然還可以若無其事地在我身邊走來走去。

整件事，我只有一個結論，就是——遠離麥子紅，她是個可怕的角色。

放學回到家，就聽見阿嬤在房間裡拉抽屜關抽屜的聲音，她又在找鑰匙了。媽媽在廚房忙著做菜，至柔坐在沙發上剝腳皮。

以往遇到這樣的事，我會立刻丟下書包去幫阿嬤找鑰匙，因爲我知道找不到東西的焦慮。阿嬤的鑰匙串裡，其中一支鑰匙是用來開啓床頭櫃上的一個鐵箱，鐵箱裡裝著阿嬤所有的貴重物品；阿嬤給我看過，有好幾條金鍊子，還有她的存摺，存摺裡的錢是阿公留給她的，沒有人知道裡頭的數字。鐵盒裡還有一個上鎖的小木盒子。我問阿嬤裡頭裝什麼？阿嬤無論如何就是不肯讓我看裡頭的東西，我想，裡面裝著的，肯定是另一種寶貝。整個鐵盒都是寶貝，阿嬤總是小心翼翼地收藏著鑰匙。

不知道從什麼時候開始，阿嬤總是忘記鑰匙放在哪裡，她翻箱倒篋就是找不到。這個時候，我們就會挺身而出，只要拉開衣櫃下面第二個放襯衫的抽屜，然後隨便翻一下，就可以找到一團用層層衛生紙包起來的鑰匙。

爲什麼要用衛生紙包起來呢？我們都不明白。

「包起來別人就不知道裡面是什麼呀！」這是阿嬤的回答。

今天我的心情不太好，我繞過坐在沙發上的至柔和地上的腳皮，直接走進房間。我還沒有走出麥子紅帶給我的陰影。她爲什麼要這樣對我？全班二十七個人難道沒有半個人看見她把橡皮擦塞進便當盒裡嗎？要不然就是她那個爺爺，喔，不，是老爸爸，他老眼昏花把橡皮擦當成山藥夾進便當盒裡。我根本沒打開便當盒呀！如果我打開了，上頭應該有我的指紋。對呀！指紋，去收集便當盒上的指紋，就可以還我清白。我立即奔到客廳打電話給阿珠。

「去採集指紋，你們就會發現，便當盒上根本沒有我的指紋。」我激動地說著。

「侯至軒，請問一下，現在幾點了？」阿珠不耐煩地問。

「六點。」

「六點，全世界的人都回到家，把便當盒拿到廚房洗乾淨了啦！」

好不容易湧現的希望，像肥皂泡泡「啵！」一聲地瞬間爆破消失。

「你要看開一點。」阿珠勸我。

「你相不相信我根本沒那樣做？」

「以我對你的了解，你沒有膽子那樣做，你也沒有那樣做的理由；但是誰也不知道一個人哪根筋會突然打結，做出令人匪夷所思的事來。」

「我沒有哪根筋突然打結好嗎？我眞的沒有做。」我叫了起來。

「但是，你的確將便當帶出教室啊！」阿珠說。

人類史上最大的冤案竟然發生在我身上，任何的抵抗只會讓我看起來更愚蠢而已。

我跟阿珠講電話的時候，爸爸回來了。他脫下鞋子，腳臭味立即散發出來，至柔從沙發上彈起來衝進房間。媽媽從廚房探出頭來，大聲吼著：「去洗腳！」

「沒那麼誇張吧！」爸爸一邊碎碎唸，一邊走進浴室。

「至柔，你的腳皮！」媽媽對著至柔的房門叫著。

「阿軒，幫我找鑰匙！」阿嬤在房間裡叫我。

「等一下好嗎？」我回到房間繼續推理麥子紅事件，直到媽媽叫大家吃飯。

阿嬤看起來胃口很差，她只吃了一點點，一邊吃還一邊嘆氣。

「我的鑰匙不見了！」阿嬤沮喪地說。

「吃飽飯，我幫你找。」爸爸拍著阿嬤的肩膀說。

我看著阿嬤，忽然覺得自己眞糟糕，找鑰匙這麼簡單的事都不肯立刻去做，惹得阿嬤不開心。

我站起來說著：「阿嬤，我現在就去幫你找鑰匙喔。」離開餐桌，走進阿嬤房間拉開衣櫃抽屜，翻找了一下，沒有？阿嬤居然換位置了！找了三分多鐘才在枕頭底下找到。

我回到餐桌，把鑰匙遞給阿嬤：「收好喔。」

阿嬤把鑰匙放進口袋，很高興地捧起飯碗吃飯。

我邊吃飯邊想著：怎麼做才能還我清白和要回我的面子呢？我去上廁所的幾分鐘裡發生了什麼事？難道全班都被麥子紅收買了，一起陷害我？不可能，只有三、四分鐘不夠她做這些事。如果她眞的這麼做，阿珠和李保安一定會跟我說的。

啊！我想到了，阿珠遞來寫著麥子紅是留級生的那張紙條，我當成書籤夾在課本裡，露出一大截，她一定是趁我上廁所的時候偷了那張紙條。

我大叫一聲：「笨蛋！」丟下碗筷衝進房間。

我聽到爸爸在我身後問：「這孩子怎麼了？誰是笨蛋？」

「別問了，他什麼也不會告訴你。」媽媽說。

我抽出國文課本，翻了一下，果不其然，紙條已經不見了。

我回到飯桌繼續吃飯。

「你剛剛罵誰笨蛋？」至柔望著我問。

「罵我自己。」我說。

「你剛剛跟誰講電話，你做了什麼？爲什麼你說你什麼也沒做？」至柔繼續逼問。

我瞪了至柔一眼：「吃你的飯。」

「一定有事。」至柔盯著我看，彷彿我的臉上寫著線索。

這就是我家，常常這樣亂哄哄的。有時候我會覺得家裡人太多很擠。我問媽媽可不可以搬去樓上阿姨家住，她一個人住，兩個房間空著。媽媽說不可以，阿姨要寫稿，有人在家裡走來走去，她就會寫不出東西。

阿姨是個作家，就住在我家樓上。外公外婆都過世了，媽媽是阿姨在世界上唯一的一個親人，所以感情很好，每天有說不完的話；另外一方面，媽媽也擔心沒有結婚也不想結婚的阿姨，如果一個人住得老遠，暈倒的時候沒有人發現就會很糟糕，當初買房子媽媽和阿姨就約好了一起買，阿姨根本繳不起房貸，都是媽媽代繳的。媽媽說沒有差別，將來阿姨死了，我們家還是可以繼承她的房子。

阿姨就像我們的家人一樣，我是她帶大的，上幼稚園的時候，她每天送我上學放學，幫我洗澡，說故事給我聽。阿姨常常到家裡吃飯，因爲她不會煮飯，她煮的菜我們都領教過，眞是太恐怖了。爸媽去旅行的時候，我們就得吃阿姨煮的奇怪的晚餐，她會把小黃瓜和番茄一起炒，理由是紅配綠，有益身體健康；要不就洋蔥炒小魚乾、高麗菜煎蛋。後來我們要求天天買便當吃。

晚飯後，阿姨和阿嬤坐在客廳一起看電視。

「親家母，你叫什麼名字呢？」

「侯蔡靜妹。」

「你知不知道你爸爸叫什麼名字？」

「我爸爸？我爸爸對我很好的，小時候他會買糖果給我們吃。」

「是喔，他對你們很好。那他叫什麼名字？」

阿嬤覺得很不好意思，傻傻地笑著：「忘記了呀！」

阿嬤的腦袋裡有一個破洞，一些記憶會從破洞口掉出去，永遠也找不回來了。也許每個人像阿嬤那麼老的時候，腦袋裡都會破一個洞，記憶就一直掉一直掉，一直掉到連自己是誰都不知道的時候，人生就算結束了。

「你們要常常跟阿嬤聊天，否則很快的，阿嬤連你們是誰也會忘記。」阿姨離開前丟下這句話。

阿姨走後，阿嬤眼神茫然地坐在沙發椅上，看起來很懊惱。我走到她旁邊坐下：「阿嬤，你在想什麼？」

「我在想剛剛那個人是誰呀！怎麼跑到我們家來？」

我笑了出來，阿嬤很快就忘掉想不起自己老爸的名字的挫敗，這眞是一件好事情。

「她是媽媽的姊姊呀！你不記得了嗎？」

「你媽媽的姊姊呀！喔，你媽媽有姊姊呀！」阿嬤點點頭，好像明白又好像不明白。

自從去年夏天，阿嬤將電茶壺放在瓦斯爐上燒煮，差一點發生火災之後，媽媽就辭掉工作，專職當家庭主婦，雖然她很不願意，但是阿嬤和這個家需要她，如果她不辭職，這個家就會像一個壞掉的、亂轉的、不斷發出噪音的電風扇。媽媽說她喜歡上班喜歡工作喜歡和同事相處，工作讓她感覺到生命的價值。

不再上班的媽媽看起來很不快樂。

在電信公司上班的爸爸每個月付媽媽薪水，希望她可以快樂一點。媽媽說家裡的帳務都是她在管理，每個月撥一筆錢給自己很不眞實。媽媽依然不快樂。

我也很不快樂，如果麥子紅沒有轉進我們班，我也許會喜歡上學。

2

我想變壞

今天是週末，我的心情還是很不好，只要想到麥子紅冤枉我這件事，我就很氣。我爲什麼要默默地吞下這件事，讓大家以爲我是個只會霸凌留級生的人？就連阿珠都不是百分之百地相信我。

我有一種衝動，很想變壞，不想當好人，不想當乖寶寶，我想過一種亂七八糟的生活。這些只是我的幻想而已，我是個膽小鬼，沒有勇氣變壞，害怕別人傷心掉淚。但是，我眞的不想再當一個凡事都守規矩的人，我這麼守規矩，什麼事都沒做，還不是不能安靜過日子；大家不清楚麥子紅的底細，就隨便相信她，而我，這麼守規矩的人，竟然沒有人相信我！我好端端地幹嘛塞塊橡皮擦在她的飯盒裡呀！我吃飽閒著呀！我根本不是那樣的人，但是現在全世界都認爲我是那樣的人！

今天我想去做一件壞事。如果我做一件壞事，他們會怎麼想？他們會認爲我根本就不是會做那種壞事的人嗎？還是會認爲我本來就那麼壞？

我換好衣服準備出門，阿嬤坐在客廳看著我。我對她說：「阿嬤，我現在要出去做一件壞事，一下子就回來。」

「做壞事啊？」阿嬤問。

「對，做壞事。」我說完便走到後陽台，對正在晾衣服的媽媽說：「我和同學去美術館，一個小時後回來。」

一路上，我計畫著可以做哪些壞事：我想把停在美術館前的一排摩托車踹倒；我想拿走每一戶人家信箱裡的信件回家偷看；我想對那個放任她的狗亂大便的女生說：「你和你的狗真是醜斃了！」我想對在美術館步道上走路比蝸牛還慢的人大聲說：「閃開！」我想打那個哭個不停、不願意自己走路的小孩一巴掌，然後威脅他：「不想走路是嗎？再哭就把你扔給收破爛的。」如果，恰巧讓我遇到麥子紅，我就要指著地上的狗屎嚴厲地告訴她：「你最好快點滾出我們學校，狗大便都比你有價值。」

我要變壞。

我來到美術館停車場，弧形的機車停車格裡停放了一整排摩托車，我站在第一輛摩托車前，抬起我的腳，又放了下來。我沒有勇氣去把它們踹倒，摩托車好端端的，我幹嘛去踹倒它呢？

一個滿臉鬍子的外國人牽著一隻白色的全身長毛的狗，放任他的狗在公園撇條，我激動得脹紅臉，我不知道「你和你的狗一樣醜」或「把狗大便撿起來」的英文怎麼說，我看著他的醜背影和那隻醜狗丟下一坨醜狗屎揚長而去。

我什麼壞事也做不了，活該掉進麥子紅的陷阱裡。

不行，我一定得做些什麼才行。我走回停了一排摩托車的地方，抬起腳用力地踹了第一輛機車，接著五、六輛機車連環倒下，我的心撲通撲通跳得飛快，一張臉也熱得像發燒似的，我轉身飛快地逃走。逃走前，我還轉頭快速地朝周圍看了一下，沒見到半個人，應該沒有人看見才對。

回到家，我還是覺得很不安。但是我慢慢說服自己，機車只是倒下，扶起來就好啦，又不是推到大馬路上去撞車，撞到稀巴爛事情才大條呢！

進到客廳的時候，阿嬤還坐在我出門時坐的位置。我在她身邊坐下。

「阿嬤，我剛剛做了一件壞事。」

「壞事不要做呀！」阿嬤說。

「我只是把機車推倒。」我說。

「機車很倒楣啊！」

「阿嬤，機車很倒楣，我更倒楣。」

我看見桌上擺著一杯水，沒有多想，拿起水杯走到陽台就往樓下潑出去。我想，用水潑路人也許可以試一試。沒想到手一滑，連玻璃杯也扔了出去。

「唉喲！」樓下傳來一聲慘叫和玻璃碎裂的聲音！

事情大條了！

「是誰丟杯子？給我下來！敢做敢當，給我下來！」樓下傳來憤怒的男人吼叫的聲音。

這下糟了！我嚇得開始發抖。

媽媽從房間走出來：「發生什麼事？吵什麼？」媽媽經過客廳時看了我一眼，接著走到陽台探頭出去。

「是誰？我再說一次，是誰丟的杯子？給我下來，下來好解決，不下來你麻煩就大了。杯子上有你的指紋，你以爲躲起來就沒事了嗎？給我下來！」憤怒的男人的聲音聽起來更憤怒了。

「有人把杯子丟到馬路上，剛好K到那個流氓的頭，他的臉上都是血。」媽媽站在陽台實況轉播樓下的狀況。

天啊！竟然有這樣巧的事，杯子飛出去竟然就砸在流氓的頭上，馬路上的流氓竟然比博士還多！

那個流氓叫林大雄，有一次來了幾輛警車，把他從家裡帶走，我們看電視才知道，他涉嫌毆打一個在馬路上擦撞他車子的駕駛。

「到底是誰扔的呀?看來他的麻煩大了。」媽媽有點幸災樂禍地說著。

該面對的還是得面對，我走到媽媽身旁，膽怯地說：「那個杯子……是我扔的。」我聽到自己的聲音在發抖。

媽媽轉頭看我，一臉的驚嚇：「好端端你幹嘛扔杯子?」

「我只是想潑水而已。」我解釋著。

「好端端你幹嘛把水潑到外面?」媽媽提高了音量。

「到底是誰?給我下來。」樓下男人的聲音像獅子在怒吼。

「我心裡不爽嘛!」

「到底什麼事讓你不爽到要朝外面潑水?」媽媽又氣又急地追問。

「現在要討論這個問題嗎?我到底要不要下去啊?」

「你現在下去會給流氓打死的。」

電鈴突然響了，我和媽媽同時嚇得倒退一步，臉上露出這輩子在我們臉上出現過的最驚恐的表情：不會吧!找上門了，這麼快就知道是我扔的嗎?

怎麼辦?開不開門?我們慌亂得像熱鍋上的螞蟻，想著如何逃生。

「你們在幹嘛!明明在家幹嘛不開門?」阿姨在門外喊著。

我們鬆了一口氣，原來是阿姨。媽媽開門讓阿姨進來。

「樓下那個杯子不會正好是你們家扔出去的吧！那個流氓……」阿姨話沒說完，一張嘴就被媽媽的大手給摀住了。

「噓，是我們家小猴子扔的。」

阿姨不可思議地看著我：「小猴子幹嘛扔杯子啊！」

「現在怎麼辦？」媽媽看了一眼樓下的流氓，慌張地說。

「我們下去跟他賠不是，然後陪他去醫院，再賠他醫藥費，有些流氓可以說道理的。」阿姨說。

「萬一他敲詐呢？」媽媽說。

「那就報警啊！」阿姨說。

阿嬤也走到陽台，加入話題：「壞事不能做喔！」

「我知道壞事不能做，我只是想潑水而已。」我說。

「到底要不要下來，等我報警調出監視器查出是誰，你就有多遠跑多遠，別讓我抓到。」樓下的流氓提出最後警告。

媽媽看著我，眼神充滿悲傷：「我下去好了，說是我扔的，我只是想澆花，不小心掉出去了。」

媽媽準備下樓，被阿姨一把拉住：「不行，自己闖的禍自己善後。你這樣會害了他。

小猴子，我們陪你下去，你得面對這件事。」

阿姨開門，把我和媽媽推出門外。

我們三個人來到流氓面前。

「杯……子，是我……是我扔的。」我很沒用地紅了眼眶。

林大雄歪著頭斜眼看我，眼神凶惡且銳利，從頭到尾把我打量一番，然後很無奈地苦笑一下：「我以爲是誰故意要跟我過不去呢！哼，只是一個小鬼。」血從他的額頭沿著臉頰流下來。

「林先生，不好意思，他不是故意的，他只是在澆花，杯子一滑就掉下去了。我們會賠你醫藥費。」

「我沒錢嗎？要你們賠醫藥費？」林大雄指著頭上的破洞，扯著嗓門吼著：「我要你爲這個負責。」

媽媽立刻張開雙臂，像母雞護小雞那樣擋在我面前，說：「他還是個孩子，我是他媽媽，我來替他負責，你要砸就砸我的頭好了。」

我眼淚流出來了，媽媽讓我好感動。

「誰要砸你的頭？我要這個小鬼到我家，把我家的浴室洗乾淨。」林大雄雙手插著腰說。

「到你家洗浴室？」媽媽和阿姨以爲自己聽錯了，又問了一次。

「對，就這樣。我本來以爲是有人看我不順眼，故意拿杯子丟我。」林大雄斜眼看著我：「但是，這個小鬼看起來不是故意的，我不會跟一個小孩子計較。可是小孩子也必須爲自己做的事負責，我這樣說，你們有什麼意見嗎？」

「對對對，你說的對，我們沒有意見，他會去你家打掃浴室的。」媽媽說：「什麼時間去比較方便？」

「我現在要去醫院包紮傷口，晚上吃過飯就去。我會在家等你。記住，你一個人來。」林大雄用食指指著我說。我這才看清楚，林大雄的牙齒因爲吃檳榔的緣故，全都黑掉，四分之三的牙齒蛀剩下一半，那樣的牙齒他要怎麼吃東西啊？

我擦掉眼淚，點點頭表示同意。

「我被K破頭都沒哭，你這個K人的人，哭什麼？」林大雄一邊搖頭，一邊走向他的車，開車門之前又轉過頭來說：「還好是擦過我的頭皮，如果再往上兩公分，我的頭就被打爆了。」他坐上駕駛座，關門前又啐了一句：「幹，差一點死掉哪！」

我倒楣的星期六夜晚，就在林大雄滿是菸蒂的臭烘烘的、因爲一百年沒洗所以鋪著像床墊那麼厚的尿垢的廁所裡耗掉了。

我在刷馬桶的時候，決定以後要對媽媽好一點，我從來也沒有幫家裡洗過一次馬桶，一次也沒有，現在卻在這裡幫一個流氓洗廁所。

我刷好浴室準備離開時，已經十一點了。林大雄和其他三個看起來也很像流氓的男人在打麻將，沙發上有一個穿紅衣服的女人在打瞌睡。林大雄的額頭上貼著一塊藥用貼布。

「你的頭，還好嗎？」那傷是我造成的，我覺得要關心一下。

「還好，縫了幾針，醫生說我沒有死掉是命大。」林大雄說。

「對不起。」我指了指廁所，小聲地問：「洗好了，你要檢查嗎？」

「你可不可以老實地告訴我，你眞的是因爲澆水不小心才掉杯子的嗎？」林大雄叼著菸，斜眼看了我一眼：「你老實說，我不會對你怎樣。」

「不是。」我想也沒想地說，廁所都刷了，不想再找藉口說謊了。

林大雄伸手拿牌的手停在半空中，好像被誰點了穴道一般地轉頭看我：「那你是故意往我頭上丟的囉？」

「不是。我只是想潑水，結果手一滑，連杯子也一起飛出去。那時候我不知道你在樓下。」我膽怯地說著。

坐在牌桌右邊的一個光頭笑著說：「雄仔在走運，這麼巧杯子飛出來就砸在你的頭上，哈哈哈，你可以去買樂透彩了。」

「你爲什麼要往外面潑水？」林大雄又問。

我遲疑了一下，決定說實話：「因爲我心裡很不爽。」

牌桌上的四個人對這句話很感興趣地同時轉頭看我，沙發上那個女人也將身體坐正，睜開眼睛帶著笑意看著我。我害怕地往後退了一小步。

「你是對我不爽嗎？」林大雄指著自己的胸口問。

「不是。」

「那你是對誰不爽？」

「昨天，在學校，有人在一個轉班生的便當盒裡塞一塊橡皮擦假裝是山藥，然後陷害我，說是我做的。我什麼都沒有做，老師沒有詳細調查就要我跟那個女生道歉。我眞的很不爽。」

屋子裡五個人誇張地笑了起來，有人還說：「塞橡皮擦假裝是山藥，這些小孩眞好玩。」

「很晚了，我要回家了。」我不喜歡他們狂笑的樣子，好像我是個蠢蛋。

我走到門邊轉動門把的時候，林大雄在我背後說：「小鬼，既然被冤枉，就要找出眞相，潑水能找出眞相嗎？不行，要去調查清楚。知道嗎？找出眞相。」

我走出林大雄家，下樓梯時，我發現我已經不那麼生氣了，那股氣在刷馬桶的時候消耗掉了。找出眞相嗎？哼，談何容易。

媽媽和阿姨站在樓下大門口等我。

「怎麼刷那麼久？」阿姨問。

「那間浴室從開天闢地以來就沒洗過。」我說。

「他們有沒有對你怎麼樣?」媽媽一臉擔憂地問。

「什麼怎麼樣?」我不明白。

「就是……他們有沒有做……做什麼不該對你做的事……」

「什麼跟什麼啊!我就一直刷廁所,他們一直在打麻將,就這樣。」

媽媽呼出一口氣,臉上的線條柔和下來。

「現在你可以告訴我,你到底爲了什麼事要潑水發洩?」媽媽緊迫盯人地問。

「媽,我很累了,不想說了。」

話剛剛說完,就覺得自己不應該這樣對媽媽說話,就在下午,媽媽還擋在我面前要替我挨打呢!我牽起媽媽的手,彌補性質地說:「眞的沒什麼事,在學校和同學爲了一些小事吵架而已。」

「沒事了,回家吧!把你剛剛的經歷寫下來,以後會變成故事。」阿姨說完,便拉著我和媽媽往家的方向走去。

才剛剛回到家,屁股還沒坐下,媽媽的手機響了,她一邊講電話一邊瞪我。

又怎麼了我?

媽媽掛斷電話後,紅著眼眶看著我:「警察局打電話過來,要你去一趟。」

「叫我去警察局？廁所不是刷好了嗎？」

「警察說你在美術館做了一件糟糕的事。你做了什麼？」

「我……」他們怎麼知道是我做的？這下眞的完了。

媽媽拉著我下樓，坐上她的機車，一路騎到警察局。

進入警察局時，五個人站在那裡，用非常不友善的目光看著我和媽媽。

「我兒子做了什麼？警察先生。」媽媽用非常卑微的態度問著。

「他在美術館那裡踹倒了一整排的機車。」警察看著我問：「你有沒有？」

那時候明明沒有半個人看見我呀！

「我……我……我沒有……」我不確定地說。

「監視器都拍到了，還說沒有？」警察嚴厲地斥責我，他將電腦螢幕轉過來讓我們看。

監視器拍下整個過程：第一次我抬起腳放下，走開；幾分鐘後折返，毫不遲疑地踹向第一輛車，緊鄰的幾輛機車連環倒下。第一次看見自己出現在螢幕上，雖然畫面不是很清楚，但是，所有認識我的人都可以認出那人就是我。

「我機車的後照鏡斷了，你說怎麼辦？」

「我剛買的新車被刮花了，你們要負責賠我。」

媽媽不停地鞠躬道歉，表示所有的損失都會賠償，彎著腰記下他們的電話號碼。

回家的路上，媽媽一直在哭泣，回到家立刻發飆。爸爸和同事聚餐結束正好也回到家。

「我好端端的自由自在的，幹嘛去結婚，幹嘛生一個只會惹麻煩的闖禍精，我何苦受這些氣！好端端的幹嘛去踹機車，你到底是哪裡不對勁啊！侯至軒。」

爸爸對於闖禍的是兒子，遭殃的卻是自己也覺得有點莫名其妙，在一旁附和著說：「是啊，你到底爲了什麼要這樣做？」

我很難過讓媽媽氣成這樣，我惹的麻煩卻要媽媽去收尾，別人會認爲她養了一個爛兒子，賠錢事小，丟了面子事大。

這件事讓我學到一個千金難買的道理，那就是有本事做壞事，就要有本事承受壞事帶來的所有倒楣的、等待解決的麻煩。阿嬤以前還很清醒的時候說過一句話，她說：「沒有那種屁股就不要去吃那種瀉藥。」意思是，你的屁股又小又單薄，又要吃瀉藥，到頭來就是屁股受苦。

所有倒楣的事都是壞學姊帶來的，這個人眞是太邪惡了，把我好端端的生活攪得亂七八糟！

我今天對人生最大的領悟就是，不要給自己找麻煩，就算很氣，也要忍下來，否則就會像今天這樣，小麻煩像滾雪球那樣愈滾愈大，最後幾乎把我給壓死了。

3 和解

上學途中，我一直在想，我要用什麼態度對待麥子紅？冷淡？冷漠？不理不睬當她是空氣？請大家吃口香糖就不請她？無論如何，今天我一定要讓她知道，她陷害我的行爲是非常可恥的。

接近學校的時候，我看見麥子紅站在校門口，整個人懶洋洋地靠在大門口左側的柱子上，看起來像在等什麼人。用膝蓋想也知道，她在等老爸爸送便當來。我瞪著她看，那天我太氣了，以至於沒有看清楚她的臉，她一對丹鳳眼，因爲瘦，下巴顯得很尖。

經過校門口時，我故意裝作沒看到她，把頭轉向別處。我再度提醒自己，一定要遠離她，她是麻煩製造者。麥子紅卻突然跳到我面前擋住我的路。

「怎麼？同學，不認識我呀！」

我想閃過她，但是她又俐落地跳回到我面前，我怎麼閃她就怎麼擋，氣得我大叫：「你想幹嘛！」

「我跟你道歉，爲了上週的事。」

我很驚訝，我是不是聽錯了？

「你跟我道歉？」

「對。」

「你承認那塊橡皮擦是你自己塞進去的？」

「對，是我自己塞的。」

「你爲什麼要那樣做？」

「因爲你欠扁，我最討厭別人說我的壞話。」

「那是事實，又不是壞話。」

「凡是在別人背後悄悄說的都是壞話。」

「如果我很大聲在你面前說：『麥子紅是留級生。』這樣就不算壞話嗎？」

麥子紅狠狠地瞪著我：「這是人身攻擊，會有別的更嚴重的處罰。」

「那你去跟萬子還有全班同學說清楚，還我一個公道。」

「我道歉的條件就是不想跟任何人說清楚。」

「你硬是要我吃下這冤案就對了？」

「你不得不吃。」

「這算哪門子的道歉？我不接受。」

「你接不接受道歉，結果都不會改變。」

「那你幹嘛跟我道歉？」

「我希望我們以後能和平相處，不要受到這件事的影響。如果這學年我沒有再留級，那我們就還有兩年要相處。」

「我希望你再留級。」

「全天下男生的肚量都一樣小，哼。」

「你至少講清楚爲什麼要這樣做？我曾經在路上走的時候踩到你的腳而沒有道歉嗎？不然你幹嘛要這樣陷害我？我還幫你爸拿便當給你，眞是好心沒好報。」

「他不是我爸。」

「那我幫你爺爺……」

「他也不是我爺爺。」

「那天你說是你爸爸，今天又不是了，那他到底是誰？」

「你不用管他是誰。」她頓了一下，仰著下巴說：「他也算是我的老爸爸啦！」

爸爸也可以用「算是」的嗎？

「算了，不管他是誰，總之我幫了你一個忙，你卻這樣對我。」

「我只能說，你比較倒楣而已。事實上你不是爲我拿便當，你是爲你自己，如果你不幫那個老先生拿便當給我，你會很不好意思或者很難過，覺得自己不算是一個好人。所以你那天幫老先生拿便當，是爲了表現自己是一個好人，或者讓自己心裡覺得好受，這樣的行爲算是自私的，怎麼可以說是幫我呢？你不拿，他也有辦法把便當拿進校園，交到我的手上。」

我傻傻地釘在原地，聽她講這一番似是而非的話，一時之間無法反應，一方面覺得她的話好像很有道理，一方面又覺得根本不是這樣，就算有一點點是爲了自己好受，也不能說是自私的行爲呀！

「算了，這樣沒誠意的道歉，丟到地上都沒有人要撿。」

「要怎樣的道歉你才願意接受？除了公開道歉之外。」麥子紅將兩手交叉在胸前，不耐煩地說。

我看著她，實在不知道該怎麼辦才好。

這件事完全出乎我的意料，當我像刺蝟一樣豎起全身的刺，以便阻擋今天麥子紅可能的繼續攻擊時，我的敵人居然對著我舉起白旗，要求停戰！她根本就是一個無賴，就像兩國戰爭，先發動戰爭的那一國，最後提出投降，沒有任何條件還語帶威脅地脅迫對方接受和平協定！根本就是無賴！

爸爸常常說，你要過好日子就不要跟女生計較。眞是至理名言。再僵持下去，也不會有結果的。

「算了，算了，我接受你的道歉，但是你可不可以不要再那樣對我？」

麥子紅笑了一下，不置可否。

算了，都決定不跟女生計較了。

「你總可以告訴我，你是怎麼辦到的？把橡皮擦放進便當盒裡而不被人瞧見？」

「太簡單了！我趴在桌上，打開放在大腿上的便當盒，以迅雷不及掩耳的速度用手指夾起一塊豆腐吃掉，再將早就夾在掌心的全新的橡皮擦自然地掉進去。」麥子紅拍了兩下手，得意地說：「搞定。要用魔術的技巧。」

看著使壞卻還洋洋得意的麥子紅，我還能說什麼呢？想到扔杯子和踹機車帶來的災難，我連報復的心思都不敢想，只能摸摸鼻子認了。只有這樣才能好好地過日子。

我們一起走進教室，所有的人都抬頭看著我們，然後露出吃驚的表情，好像我們的頭上長出香菇。看著他們臉上寫著：怎麼回事？你們上個星期還是不共戴天的仇人啊！就讓我很得意。我不會告訴他們，我要讓這件事成爲人類史上最大的秘密。

麥子紅，喔，不，學姊，對了，她剛剛要我們都叫她學姊。

學姊？哼，壞學姊才對。

「我們明明就是同學，爲什麼要叫你學姊？」我不服氣。

「雖然我留下來等你們一起走，也不會改變我大你們一屆的事實。」伶牙俐齒的壞學姊，一點也看不出來是個會留級的笨蛋。

大家都有點怕她，她的目光銳利，當她看著你的時候，你會有一種以爲自己剛剛踩到她的腳，或者衣服上的鈕扣纏到她的頭髮，又或者鉛筆的筆尖不小心戳到她卻沒有跟她道歉的錯覺。

下課前五分鐘，萬子又開始發表他的反大人類主義的論述。萬子喜歡用反話刺激我們思考，希望台下這一群擁有卑鄙基因的小人類，在未來不要變成更卑鄙的大人。

「今天的報紙有一則新聞，某個醫學大學的研究室拿老鼠做實驗，餵牠們吃含有三聚氰胺的奶粉，測試需要多久的時間累積三聚氰胺就會結石。」萬子停頓了一下，臉上表情盡是不屑：「人類有什麼了不起？憑什麼認爲可以利用動物做實驗？那些老鼠爲什麼就活該倒楣，得吞三聚氰胺讓身體結石？」

「因爲只能犧牲牠們，人類才能找到方法解決疾病問題。」阿珠說。

「爲什麼要犧牲老鼠的健康成就人類？」萬子老師再問。

「因爲我們不能用人做實驗，會犯法。」李保安說。

「原來如此，人類有法律，老鼠沒有。」萬子無奈地說。

我們全都笑了，萬子也笑了出來：「對，因爲老鼠沒有法律，所以故意明目張膽地謀殺一隻老鼠是無罪的。」

「因爲老鼠是有害的動物，會傳播致命的病毒，沒有存在的價值。」另一個同學說。

「老鼠眞的沒有存在的價值嗎？那麼上帝幹嘛創造老鼠出來，只爲了給人類做實驗嗎？」萬子臉上的表情相當不以爲然：「每天都有人殺人，人類也是有害的呀！所以你說有害的動物，是主觀認定對『人類』這個物種有害而已。」

下課鐘聲響了。

「大家回去想一想，老鼠存在的價值在哪裡，大自然裡的每一個物種都要相互制衡取得平衡的作用。老鼠制衡了誰？」萬子做了結語。

這個話題不會因此結束，下一堂課萬子老師無論如何都會記得再拿出來討論一下。吃素的萬子老師說他自己是「反大人類主義者」。我們從來沒有懷疑，因爲他反人類反得很徹底。他可能是實驗室裡那隻逃了一千次卻永遠不成功的老鼠轉世的。

我們都看過萬子老師家那隻名叫「麵包」的黑狗，麵包胖得就像一頭豬。萬子覺得貓狗雞鴨應該和人類同享自由，所以，當他領養這隻流浪狗的時候，已經決定要給狗最大的自由，狗在自己家裡可以做任何事，睡沙發、睡他的床，咬爛他的鞋子都沒關係。他的狗和他一樣吃三餐，他吃宵夜，狗也跟著吃。

「狗不會明白少糖、少鹽、少油對身體有益的道理，牠看著你吃東西，牠也想吃。你不能因爲健康的因素，讓牠在旁邊流口水。狗的一生也很短啊！牠可以很愉快地享受牠的食物，頂多少活幾年，但是活著的時候至少每一天都是快樂的。」這是萬子老師堅持這樣做的理由。

「老師，你又不是狗，你怎麼知道牠只想吃而不想多活幾年陪你？」壞學姊說。

萬子看著壞學姊，眼裡盡是欣賞：「很好，這是個好問題，雖然我們可以從狗的行爲推測狗的想法，這些想法也未必是百分之百正確的，只能說很接近。你認爲狗會爲了多陪我幾年而願意放棄美食，這是一種美好的想像，人對渴望的投射。」

「有些狗經過訓練，主人沒有下指令，牠就不會吃面前的食物。這就是狗很在乎主人的表現啊！」壞學姊繼續辯解。

「如果狗很餓，主人又遲遲不下令，最後狗還會在乎主人嗎？」萬子說：「被逼到角落，然後反擊，是所有動物的本能反應。人也是動物。」

萬子至今未婚，我們認爲根本沒有人願意嫁給他。如果他養一隻雞，那隻雞肯定也可以跟他同桌吃飯，在餐桌上拉屎，誰受得了和一隻雞或一隻隨時會把你的鼻子啄下來的鵝同桌吃飯？

曾經有家長投書向校長告狀，說萬子老師灌輸學生怪異思想，害學生回家後不敢吃肉。校長給萬子老師口頭告誡，希望他收斂一點。萬子不置可否。他完全不理會，每一堂課的最後五分鐘，依然慷慨激昂地發表他的「人類其實應該很卑微」的理念。

「我覺得萬子瀕臨崩潰邊緣。他其實是猴子變的，當他逐漸露出眞面目時，行爲就開始失常了。下一節課他會希望我們不要穿衣服，這樣才符合自然原則。」壞學姊說。

「我覺得萬子說的理論很有道理，我不認爲他會這樣。」我說。

「一隻鴨子呱呱呱亂叫一通，你也會覺得很有道理。」壞學姊說：「你覺得不管誰說的話都很有道理。」

「我才不是這樣。」我說。

「是，你就是這樣，不管我說什麼你都覺得很有道理。」

我腦子一轉，瞬間警覺到問題所在：「不對！我剛剛說的是，萬子說得很有道理，所以我是否決你的說法，覺得你的道理沒有道理。」

「哼，你什麼時候變得那麼聰明啦！」壞學姊說。

跟壞學姊說話得小心，處處是陷阱。

「我喜歡萬子。」我說：「他認爲每一個生命都應該受到公平地對待，這有什麼錯？」

「這個世界本來就充斥著各式各樣的錯誤，或者說，這個世界是用錯誤堆疊起來的。」

壞學姊突然生氣起來：「我就是一個錯誤。」

壞學姊說完，站起身扭頭就走出教室。

「你活該，只有你受得了她。脾氣壞又古怪，又不寫作業。」阿珠走到我身邊，幸災樂禍地說。

我覺得壞學姊不是一個普通的學生，她看起來這麼聰明，怎麼會留級？她一定是爲了要調查某件事，故意留級到我們班上。我們班並沒有可疑的人，鄭家信雖然愛耍流氓，喜歡找人打架，但是他又沒有在賣毒品，如果要查案子，應該去隔壁班呀！徐哲文說，有一次他在廁所被隔壁班的男生慫恿，要免費送他一包什麼東西體驗神的境界。徐哲文轉身就跑，廁所也不上了，他知道那是行銷毒品的手法，先給你一包免費的，等你上癮之後，就會掏更多的錢去購買。他憋了一節課的尿，最後才痛苦地舉手要求上廁所。

如果壞學姊不是調查局派來的，也許就是教育部派來的臥底，要調查萬子老師「反大人類主義」的言論是否適合繼續教學？

這件事情絕對要繼續觀察。

總之，壞學姊肯定不是普通人就是了。

4 壞學姊的前世今生

每個人每天都在計算。爸爸老說他心律不整，心臟常常停止跳動，於是他每天每一個小時都在量脈搏的跳動，計算是否維持在六十至一百之間。他擔心心臟會無預警地突然停止跳動。媽媽在計算每個月月經報到的時間，最近她的經期大亂，一下子遲到，一下子又早了十天報到，她懷疑自己更年期到了。妹妹在計算她讀過多少書，她每天都捧著書，半夜起來上廁所也拿著書在讀，到目前爲止，她已經讀過一千零三本書了。突破一千本那天，她買了一個小蛋糕回來慶祝。阿姨則在計算她的新書賣了多少本。阿嬤雖然沒有在計算什麼，她好像沒有在乎什麼事了，是我們不由自主地幫她算著她所剩無幾的記憶。

壞學姊每天都在計算，她今天做了幾件壞事。

班上的沒差小姐什麼也不算，因爲什麼都沒差，什麼都無關緊要。

李保安在計算距離基測還有幾天。

總統在計算他／她的支持度又降了多少百分比。

在野黨在計算什麼？在算重新執政的可能性有多大？

我呢？我計算什麼？就是因爲不知道自己該計算什麼，所以常常就亂算一通，吃薯條的時候，我會邊吃邊數薯條的數目，然後登記起來。有一次我把薯條數目表拿給壞學姊看，我說，這是一個新發現，薯條的數目沒有一次是一樣的，不是多幾條就是少幾條，最多一次是四十三條，最少一次是三十六條，誤差有七條。七條耶！可以餵飽七隻老鼠，因此我斷定學校旁邊那家炸雞店是黑店。

壞學姊對我的大發現嗤之以鼻，她瞪了我一眼，從嘴裡噴出一句話：「笨蛋。」

今天我有了一個結論：生命開始於一串數字，也止於一串數字。

生命就是一連串永不休止的計算，當你走到人生的盡頭，嚥下最後一口氣時，你的生命也只停留在一個數字，就是你在人世間停留的年數。

「你還在發什麼呆呀？上學要遲到啦！」媽媽指著牆上的鐘，大聲地提醒我。

喔！天啊！我必須在十五分鐘之內跑到學校，否則就要遲到了。也許我可以順便計算一下，十五分鐘可以跑多少步。

萬子老師走進教室，一開口就繼續兩天前的話題：「誰來告訴我，老鼠爲什麼必須存在？」

「老鼠是爲了不讓人類太好過而存在的，當人類太多的時候，就會有瘟疫讓人類的數量減少，維持地球上的平衡。」沒差小姐對萬子的反大人類主義特別有差，平常上國文課也沒這麼認眞發問。沒差小姐的口頭禪就是：「沒差啊！」打疫苗時，護理師問她打手臂還是屁股？沒差啊；同學問她吃排骨飯還是雞腿飯？沒差啊；要不要去喝紅茶？沒差啊。

「如果沒有老鼠，蛇就少了食物，蛇餓死了，老鷹也會活得很辛苦。少了誰都會有事。」我說：「我看過紀錄片。」

今天萬子很反常地在開始上課之前，談論人類是所有動物裡最自私的族群，根本不配稱爲動物。

我們睜大眼睛看著萬子，不明白他爲什麼會這樣說。

教室裡充斥著一片嗡嗡聲，因爲每個人的嘴巴都在喃喃自語：我們如果不是動物，那我們是什麼？

「我們什麼都不是。如果一定要說我們是什麼，那麼，我們充其量只能說是一種變種動物。」萬子以不屑的口吻說。

台下又掀起一陣譁然，沒有人同意自己是變種動物，變種動物指的應該是電影上演的那種嘴巴會噴出黏液、不斷滴著口水的異形才對。

「變種動物只會吃人，我們會發明、會設計，人類發明了水龍頭，動物只會讓水一直流，我們是高等動物耶！」沒差小姐忍不住又發言了。

「沒錯，人類有靈巧的雙手，可以發明和創造很多新奇又方便的東西，就因爲這樣，我們就自詡爲高等動物，眞是厚臉皮吧！」萬子說。

「老師，你自己也是一個人耶！爲什麼你那麼憎恨人類？」沒差小姐又舉手了。

「我沒有憎恨人類，我只是爲人類感到悲哀。」萬子老師露出憂傷表情。

「不是所有的人都是這樣啊！我們還是學生，還沒受到汙染。」沒差小姐看起來很受傷。

「如果你們不時時警惕，你們就會慢慢變成那樣的人。」萬子說完，低頭翻閱課本：「上課吧！麥子紅，上次上到哪裡？」

我的椅子被狠狠踢了幾下，我趕緊把課本翻到第八頁，舉到我的臉旁邊，讓壞學姊看。

「上到第八頁。」壞學姊說。

下課的時候，我們還在討論人和動物的不同。

「萬子前世一定是一隻受虐的動物，今生才會這樣憤世嫉俗，極端地憎恨人類。」我說。

「萬子是對的。他的前世可能是一隻熊，是森林的領袖。因爲被獵人射殺，所以今生變成人類，他殘存的熊的記憶，讓他不斷在說人類的壞話。」壞學姊分析著。

我覺得壞學姊的說法很有趣，於是調侃她：「你可以去當童話作家了。」

「我前世就是作家呀！」

壞學姊說這句話的時候，表情超自然，好像在說：我就是女生呀，那麼自然。

「你怎麼知道自己前世是作家？誰告訴你的？」我的直覺告訴我，壞學姊又開始胡說八道了。我得小心提防，免得又掉進陷阱裡。

「這種事不用別人告訴我，我自己會記得。」

「那你前世寫了什麼書？你出版的書還找得到嗎？」要讓壞學姊無話可說，就要切中要害。

「我寫的書還沒出版就死了。」

「沒出版過半本書不算是作家。我阿姨出版了五十本書，她才是作家。」

「我有一本書準備要出版時，手稿被……嗯，應該說被偷走、搶走還是騙走呢？總之，書稿就是不見了。」

說的跟眞的一樣。

「我就知道你不相信我。」壞學姊一副無所謂的樣子。

我有時候覺得壞學姊會讀人的心。

「有一點不相信。」其實是完全不相信。

「沒關係。等我查出書稿的下落，就會眞相大白了。」壞學姊說：「我還寫過一本日記，也被偷走了。」

「你前世的家被闖空門嗎？」我有點相信是眞的了。

「說也奇怪，小偷拿走抽屜裡的手錶、項鍊之類貴重的東西，就連擺在桌上的一本手寫筆記也偷走了，那東西不値錢啊！」

「窺視別人的內心，是人的本性。」我說：「你有報警嗎？」

「家人有啊，警察到家裡來，除了登記遺失物品、做筆錄之外，還能怎樣？」

「你的稿子沒有備份嗎？把檔案打開列印，寄給出版社就好啦！」

「四、五十年前有電腦嗎？那時候的作家每個人都寫到手指長繭。」

「好像是這樣，我阿姨說過。」

「就是這樣。」

「你前世住在哪裡？」

壞學姊突然瞪著我：「你不是不相信，幹嘛問這麼多？」

「我有一點相信了，想幫你查案啊！」

「笨蛋，騙你的啦！我的故事編得不錯吧！你看，你本來不信，後來又信了，這證明我有說故事的天分，是當作家的料。」壞學姊拉著椅子回到自己的座位。

我又上當了。

早說過跟壞學姊講話要很小心，否則很輕易就會掉進她設下的陷阱，成爲她捉弄的對象；連她的前世是作家這種大話都編得出來，看來她眞的具備了當作家擅長瞎掰的本事。

5

隨便亂活

小考成績出來了，壞學姊的成績仍然是個位數。

「麥子紅，你是不是想當永遠的二年級生？」數學老師余英明無奈地看著壞學姊。壞學姊歪著頭一副無所謂的樣子，好像老師剛剛問她的是：你中午想吃魚排還是排骨便當？

「你可不可以告訴我，要怎樣做你才可以考及格，我對你的要求只是及格，好嗎？」余老師看著壞學姊，等著她的答案。全班同學也看著她，等著她的回答。

「如果我考及格了，你願不願意穿裙子來上課？」壞學姊歪著頭仰著下巴，用挑釁的語調說著。

余老師遲疑了一下，說：「好，你下次考試及格，我就穿我老婆的裙子來上課。」

「老師，要有蕾絲邊的喲！」阿珠大聲起鬨。

「如果你考不及格呢？你要接受怎樣的懲罰，總不能只是罰我吧！」余老師說。

「如果我下次段考沒有及格，我就……洗廁所一個月。」壞學姊說。

「好，成交。」余老師滿意地說。

這真是一場值得期待的好戲。

放學回家的時候，我問壞學姊：「你眞的做得到嗎？」

「怎麼，瞧不起人啊！」

「如果你可以及格，就不用留級了嘛！」

壞學姊用力敲了一下我的腦袋，生氣地說：「不准再提『留級』兩個字。」

有時候她看起來一點也不在乎留級這件事，有時候又在乎得要命，她到底怎麼想的呀？

「臭氧層的破洞愈來愈大、致命的病毒愈來愈強、經濟愈來愈衰退，地球就要毀滅了，我們這麼用功做什麼？根本沒有未來。」壞學姊懶洋洋地說。

「那地球毀滅之前我們要做什麼？」

「隨便亂活。」

「隨便亂活，也需要錢買便當啊！」

「那就去公園洗廁所賺錢。」

「如果地球一百年之後都還沒有毀滅，那我們不就白白洗廁所了？」

「笨蛋，你想想，萬一我們很辛苦地花很多錢讀到博士，畢業那天地球毀滅了，你不是更倒楣？」

「但是這樣也比一直在洗廁所好吧！」

「洗廁所至少還有錢賺，念博士一直都在花錢。錢從哪裡來？沒錢就要去掃廁所，你看，結果還不是一樣？」

我愈聽愈迷糊，好像有點道理，卻又好像哪裡有問題：「沒錢就去找工作，外面工作很多，不一定要掃廁所。」

「說到底，你就是歧視掃廁所的。」

「原來掃廁所是你熱愛的工作，你才會答應余老師，不及格就掃廁所一個月。」

「掃廁所是一種鍛鍊，普通人是不會懂的。」

「算了，地球要毀滅也是以後的事，肯定不是我們活著的時候。」

「不信喔，那你就去做那種讀到博士卻面臨地球剛好毀滅的倒楣蛋好了。」

關於到底要用什麼樣的方式活到地球毀滅的那一天，一直沒有一個正確的答案。直到三天後，我和壞學姊經過音樂教室，看見樂團在練習，我們看得呆住了。我的腳好像被吸入水泥地裡，再也拔不起來，好像我生來就長在這裡，然後用這樣的姿勢，等待的就是這一場演出。每一個演奏者的表情都專注得像貝多芬、像巴哈、像韋瓦第，尤其是那個圓臉的女生，她帶著微笑拉著小提琴，身體輕微地擺動，似乎非常享受這樣的表演。

我無法表達內心的激動，我眼眶紅了。

「我終於明白，為什麼貝多芬、巴哈、韋瓦第這麼偉大。」

「你這個呆瓜怎麼知道貝多芬、巴哈、韋瓦第？他們是誰？」

「他們是很有名的音樂家。」

「什麼有名，我都沒聽過，怎麼算是有名？」

「你知道聽古典樂和一般流行音樂之間有什麼不同嗎？」

「鬼才知道。」

「聽流行音樂就像牛在吃草一樣，不斷地讓我們反芻曾經的悲傷，愈聽心情就愈不好；但是聽古典音樂就不一樣了，就像走進一座原始森林，你閉起眼睛，聞著林木的幽香，聽著風穿越樹林後拂過你的臉頰，聽見鳥兒在唱歌，聽見自己的雙腳踩過乾枯的落葉的聲音，你完全融入音樂裡，而不是被音樂所控制。」

「你簡直在鬼扯蛋。」壞學姊瞪著我：「什麼時候將古典樂借我聽一下？」

「好啊！」我得意地說。剛剛說的那段話並不是我說的，我聽阿姨說過，借來用一用，阿姨應該不會介意的。

「你有沒有覺得，用這樣的方式活著眞的很不錯。」我看著那個圓臉的女生。

「什麼方式？」

「很陶醉的、很快樂的在音樂裡的方式。」

「不錯個頭！有什麼好？你說。」壞學姊突然間發飆起來，她尖著嗓門說：「快樂？哼，你怎麼知道他們回家以後是不是快樂的，也許他們還要趕去洗廁所、賣菜。」

我快要受不了，我覺得壞學姊是個心理不平衡的人。「洗廁所是你們的家族企業嗎？三句話不離本行。」

「你壓根瞧不起洗廁所的人。」

「哪有？我媽說不可以看不起洗廁所的人，他們的工作和大學教授一樣，都是在賺錢生活。」

「你看，這就對啦！根本就沒有分別，幹嘛不一開始就去洗廁所，還要冒著地球毀滅的危險去讀博士。」壞學姊得意地說。

欸！問題又回到原點。

傍晚的街道熱鬧極了，下課的學生像螞蟻找到糖一般地黏在車輪餅、蔥油餅和韭菜盒這些小吃攤前，在晚餐前先安撫一下躁動的五臟廟；每一個攤位的老闆都很認眞地在工作賺錢；在街上騎著摩托車，或者開著汽車，或者正在走路的許多人，不管他們正準備前往何處，每個人臉上的表情看起來都很認眞；沒有一個人像是「隨便亂活」的樣子，壞學姊的論點根本無法成立。

壞學姊的掃廁所理論，根本就是在自暴自棄。

晚餐的飯桌上，爸爸不停地抱怨，說他的心臟二十四小時內停止跳動了兩千次，醫生竟然說沒關係。

二十四小時停止跳動兩千下！天啊！這還得了。

「心臟怎麼會這樣？老爸會掛掉嗎？」我緊張地問。

「還好，是分開停止跳動，如果不想跳連在一起，那就糟了。」至柔說。

雖然醫生說沒事，但是我們的反應跟爸爸一樣，很不放心。

「醫生說不要緊，應該就不要緊吧！」媽媽說。

「我的心臟不太好，你們從今天開始不可以氣我。如果再讓我看到不及格的分數，我的心臟就會負荷不了。」爸爸說。

「老爸，你這是在恐嚇我們嗎？」至柔歪著頭，瞪著爸爸問。

「這只是警告，不是恐嚇。該怎麼做你們自己看著辦。」爸爸賊兮兮地說。

「老爸，是你自己要做好情緒管理吧！不想跳的心臟可不是我們的。」至柔說。

爸爸很無奈地看著至柔，接不上話。

「我吃飽了。」阿嬤把筷子放下來，她的碗裡還有半碗飯。

「你的飯還沒吃完就飽啦！」媽媽說。

「我吃了兩碗飯，好飽。」阿嬤說。

我們才坐下吃飯沒多久，實際上阿嬤一碗飯都沒吃完。

「媽，你看，我們都還沒吃飽，你還有半碗飯，陪我們吃完，好不好？」爸爸耐心地哄著阿嬤。

阿嬤停頓了一下，拿起飯碗又開始吃飯。爸爸夾了一些菜到阿嬤的碗裡。我看著爸爸，覺得他眞是一個好人。

「阿姨今天怎麼沒有來吃飯？」我問。我想跟她借幾片古典音樂CD。

「她到學校演講，趕不回來吃飯。」媽媽說。

媽媽曾經問阿姨：「你到學校去講這些東西，沒有人要聽吧？大家要聽的是『如何讓我的孩子變成郭台銘』，而不是承認自己的孩子很平凡。」

阿姨覺得變成郭台銘很難，承認平凡比較容易，承認平凡才能放輕鬆，放輕鬆才能發掘潛能。爸爸不同意阿姨的觀點，他覺得阿姨的想法太消極，應該要教導孩子奮鬥進取的精神。

「我覺得阿姨可以講講，人應該怎麼看待未來。」我說。

爸爸和媽媽同時把筷子放下，一臉驚訝地望著我，好像我剛剛吃了什麼奇怪的食物，鼻子突然變得像南瓜那麼大。

「你對未來有什麼看法？」爸爸表情認眞地問。

「壞學姊說地球就要毀滅了，我們很快就要死了，所以接下來的日子只好隨便亂活。」我說。

爸媽的表情更驚訝了！

「壞學姊是誰？」媽媽問。

「我知道，她是大德國中創校以來第一個留級生。」至柔說。

我驚訝極了：「你怎麼會知道？」

「我同學的姊姊讀你們學校八年級，她跟我說的。」至柔看著我說：「我還知道很多事情。」

「你還知道什麼事？」我問。

「你跟壞學姊在談戀愛。」至柔說。

我嘴裡的飯噴了出來。

我簡直要氣死了：「什麼？我跟壞學姊在談戀愛？哪隻豬八戒說的？」

「那個叫壞學姊的聽起來像個太妹，你還是跟她保——持——距——離——好一點。」爸爸謹慎地說。

「她不是太妹啦！」我急著辯解：「她只是凶悍了一點，其實是一個很有想法的人。」

「情人眼裡出西施。」至柔說。

「侯至柔，我警告你，我沒有跟麥子紅談戀愛，不准你再胡說。」我相信我的臉色變得很難看。

飯桌上的氣氛變得緊張起來，至柔終於閉嘴了，爸媽也許發現這個時候已經不再適合討論未來和壞學姊，大家安靜地吃著飯。

「哥哥，你的臉好紅。」至柔說。

「閉嘴！」我吼叫著。

到底是誰傳出我和壞學姊在談戀愛？根本是胡說八道。我明天就要展開大調查，到底是哪張大嘴巴在散播謠言。

「要談戀愛也不是不可以，但是你可以選一個比較聰明的女生，這跟優生學有關。」爸爸說得很緩慢，故意讓我聽起來像是他自己在碎碎唸：「留級生的智商通常都很低……」

「爸——」我受不了了，站起來大叫：「我沒有和麥子紅談戀愛。沒有！不要再說了！」

眞是氣死我了！

「吳炫三留級了三次，他的智商有問題嗎？他現在是國際知名的藝術家耶！」至柔說。

「他眞的留級了三次喔？」媽媽懷疑地問。

「是啊。有一天，我們老師舉了好多看起來好像笨蛋、其實不是笨蛋的例子給我們看，他希望我們就算看起來是笨蛋，也不要放棄自己。」至柔說：「所以，爸爸不要看不起麥子紅，也許她將來會是行政院長。」

「就算她是行政院長，也不關我的事。」爸爸冷冷地說。

「當然關你的事呀！她有一天接受電視訪問的時候，就會提到小時候同學猴子的爸爸說她智商很低。大家就會問：『猴子爸爸是誰？』到時候你就完蛋了。」

爸爸不再說話了。

我們家沒有誰可以辯贏伶牙俐齒的至柔，我覺得她才是最有可能當行政院長的人。

無論如何我一定要調查清楚，到底是哪個大嘴巴到處亂說話。

6

又闖禍了

我在校門口又遇見壞學姊的老爸爸，喔，不，是「算是」老爸爸；他攔下我，把便當塞到我的胸口，說：「同學，幫幫忙，送到八年七班教室給麥子紅。」

「麥子紅是我的同學。」我說：「你是麥子紅的爸爸嗎？」

「我是她爸爸？啐，胡說八道！麻煩你把便當交給她。」老人家將便當塞進我的手上後轉身走了。

他「算是」麥子紅的爸爸，那可能是麥子紅的繼父？或是乾爸爸？或是收養麥子紅的養父？算是，到底是還是不是？

壞學姊和這個老爺爺一定有一個人在說謊，照這個情形看來，說謊的人一定是壞學姊。如果老人家真的是壞學姊的爸爸，他沒有理由不認自己的女兒呀！但是如果不是他的女兒，他幹嘛給她送便當啊！事情看起來有點複雜，不過壞學姊是個大說謊家，肯定錯不了，這個不說謊就活不下去的人，這個把說謊當作維他命服用的人，一直在耍我。我一定要把眞相查出來，讓壞學姊啞口無言。

我把便當擺在胸口的位置，我喜歡這種溫暖的感覺。雖然便當不是我的，我卻因爲這個溫熱的便當而感到莫名其妙的喜悅與幸福。

我走進教室，壞學姊已經坐在位子上，她在一本畫冊上亂畫著什麼圖案，看起來像一隻怪獸。我把便當放在她桌上，低下頭來對她說：「那個算是你爸爸的老先生，他說他不是你爸爸。」

話才剛剛說完，我立即意識到我不該那樣跟壞學姊咬耳朵，其他人看到會以爲我在跟她說悄悄的情話，要避嫌才行。我直起身子，眼睛朝四周掃了一圈，看看有誰正盯著我看。嗯，沒有人，大家都很用功地在溫習功課。

當我的目光再回到壞學姊臉上時，她正凶狠地瞪著我，我嚇了一跳，但是我還是決心不做任何反應，要避嫌就不要再理她。我坐回我的位子，打開書包，拿出課本開始溫習。壞學姊不斷踢我的椅子，我感覺到背部有灼熱感，她銳利的目光正在燒灼我的背部。椅子又被踢了好幾下。我生氣地轉過頭去：「你想怎樣啦！」

「你給我說清楚，你剛剛說那個人不是我爸爸，是什麼意思？」

「是那個人說他不是你爸爸，又不是我說的。」

「你幹嘛挖人家家裡的隱私？」

「我……我挖你家的隱私？這什麼跟什麼呀！他是你爸爸，我向你爸爸問好，他說他不是你爸爸，就這樣。這是哪門子隱私？是你自己說他算是你爸爸的。」

「我說錯可以了吧！」

是不是自己的爸爸都會說錯喔！奇怪。

「他不是你爸爸，那他是誰？」

「要你管。」壞學姊狠狠地瞪著我。

不可理喻的傢伙！

「人類是一種很有意思的動物，他們比獅子或刺蝟有趣多了。獅子、猴子和其他動物，雖然也會使用詐術，但是那些小伎倆的詐術，在人類面前，簡直是小小小巫見超級大巫了。你看電視上那些爛政客，就知道人類有多麼奸詐了。」

萬子老師的反大人類主義又開始發酵了。

「老師，你的媽媽也是人類啊，那她也很奸詐嗎？」沒差小姐似乎無法接受人類很卑鄙的說法。

「有些人習慣奸詐，有些人受到威脅的時候會奸詐。你們是屬於哪一種人？」萬子老師不敢直接回答自己的媽媽是否曾經很卑鄙。

「老師，你這時候算不算很奸詐？因爲你不正面回答問題。」沒差小姐反常地擺出非問到答案不可的姿態。

「所有的人類都有奸詐的本質，你和我和我的家人都一樣，我們都是卑鄙的人類。」

「僧侶也卑鄙嗎？」沒差小姐今天是怎麼了？一路追問。

「有些僧侶也卑鄙，是人就很難不卑鄙，因爲這是人性。」

「老師，你這樣的說法讓我很沮喪，心情很不好。」沒差小姐說。

壞學姊舉手了：「老師，我覺得這樣的說法太單一了，卑鄙這個字眼無法囊括所有的狀況，字典裡還有很多適切的字眼可使用。比如說：無恥就比卑鄙更高一階；還有粗鄙、貪婪、卑劣。人性再惡，也有層次、強弱之分，不能以『卑鄙』一言而蓋之。」

壞學姊好像鬼上身，完全變了一個人。她絕對是調查局的臥底警探。

班上每個人包括萬子老師，彷彿被老天爺按了暫停鍵，全都怔怔地看著壞學姊。班上的留級生，竟然說出驚人的論述，那一剎那，我們都覺得自己才是應該被留在七年級的人。

每個人的腦袋都冒出一連串的問號：麥子紅這樣聰明的人，怎麼會留級呢？她應該跳級，而不是留級。

沒差小姐站起來用力鼓掌：「麥子紅，聽你這樣說，我眞的好過多了。」

「我覺得我沒有資格當班長了，麥子紅，你願意和我交接班長嗎？」班長王新意站起來大聲說著。

萬子被挑戰了，卻笑得很開心：「很好，終於遇到可敬的對手了。卑鄙是一種概說，解剖之後，我們就可以看見你說的層次和紋理。很想和你繼續討論下去，但是我們必須上課了。下次，我們再繼續。」

下課的時候，很多同學圍著壞學姊。

「你是警察到學校臥底的嗎？你怎麼看都不像二十五歲呀！」阿珠問。

「什麼二十五歲？」

「二十五歲的警察臥底調查學生吸毒販毒案，電影都演過。」阿珠說。

「查你的大頭啦！」

「眞的，你在課堂上說的那些話，根本就不是十五歲的中學生說得出來的，萬子老師都被你打敗了。」李保安說。

「我雖然留級了，不表示我不能有想法、有觀點。」壞學姊仰著下巴，一臉傲氣地說。

放學後，壞學姊說要去書店買書：「猴子，走，我帶你去增廣見聞。」

也許我放學後沒有其他事，也許我眞的想增廣見聞，也許我無力拒絕，我就像一隻被雞爪子逮到的蚱蜢，根本無力反抗。我跟著壞學姊來到「浩瀚書店」。

這是一間位於左營大路和勝利路路口的中型書店，只有八、九個書櫃，和幾個擺放暢銷書的平台，書店走到底就是文具區。書店距離學校只有一公里遠，我們學校的學生都在這兒買書買文具，所以生意還不錯。當別的書店都陸陸續續倒閉，只有浩瀚書店挺住所有的不景氣，很有尊嚴地佇立在路口，滿足大家的靈魂需求。

書店眞是一個讓人身心愉悅的地方。書店和麵包店有著相同的魔力，即使你只是經過，那些書和那些好聞的麵包就會施展誘惑的魔法，讓你不由自主地走進店裡，拿起有趣的書名的書翻一翻讀個兩頁；或者就算不餓也買個麵包回家。

店裡只有三兩個顧客，我們站在暢銷書的平台前，隨手拿一本書來讀。

沒多久，壞學姊突然用手指捏出嘴裡的口香糖，黏在她手上那本書的書頁上，然後將書本闔起來塞在我的手上，接著用她的手肘碰撞我的手臂，示意我把書再打開來。我放下手上的書，接過她遞來的書並將書翻開，口香糖已經將兩頁書頁黏起來，翻開的動作將口香糖拉出好多條跨頁絲線。壞學姊隨即往旁邊退了兩步，裝出一臉驚訝地看著我。

我震驚極了，壓低聲音說：「你神經病啊！幹嘛這樣做？」

壞學姊若無其事地拿起另一本書翻閱著。我看著慘不忍睹的書頁，已經無法搶救了：

「你哪裡不平衡啊？」

「你不快點收起來？想被人發現啊？」壞學姊壓低聲音說。

「我要買下這本書啊！」我邊說邊把右手伸進口袋裡，只有一枚五十元硬幣。

「買什麼買呀！我不想讓這間書店賺一毛錢。」壞學姊小聲地說：「快放回去。」

我闔起書本趕緊放回書架上，轉頭巡視了一下是否有誰盯著我們看，還好，書店裡的顧客都低頭在看書，沒有人往我們這邊張望。我看著壞學姊，她很專心地看著手上的書，也許她是假裝很專心在閱讀，前一秒才剛剛做了一件壞事，怎麼下一秒就立刻忘記，並且專注在下一件事上？我此刻心臟還砰砰亂跳呢！我的直覺告訴我，她是個危險人物，我還是離她遠一點好了，我不久前才這麼告誡自己的呀！

我完全沒有想到，這個災難來得這麼快、這麼凶狠！

不可思議的是，壞學姊闖的禍竟然掛在我的帳上，速度快到讓我來不及反應，大禍就降臨了。

第二天中午午休時間，我和壞學姊被叫到校長室，萬子也來了，媽媽就站在校長旁邊；媽媽用不解的眼神看著我走進辦公室，我知道那眼神說的是：「你看看你，又幹了什麼好事？」壞學姊旁邊站著老爺爺，就是常常給壞學姊送便當的那個人，另外還有浩瀚書店的店長，胖胖的圓臉上蓋著一頭燙得捲捲的垂到耳下的頭髮，讓她的頭看起來更大。壞學姊說過，店長是老闆的女兒。那家書店是家族事業，是一間歷史悠久的老書店。

「上次他把橡皮擦塞在同學的便當盒裡，現在他又把口香糖黏在書上，這件事真的很難原諒。」校長看著媽媽，縮了一下肩膀後說。

「你爲什麼要這樣做？爲什麼？」媽媽看起來很傷心：「都不知道你爲什麼變壞了？」

我沒有變壞，我什麼都沒有做啊！我可以說是壞學姊做的嗎？有人會相信我嗎？在這個時候什麼都推給女生，不就顯得我是個懦夫？就算我只是說老實話，大家也會以爲我是個敢做卻不敢當的人。我忿忿地瞪著壞學姊，我希望她自己承認那是她做的，但是，她居然把頭轉開。

校長將電腦轉向我們，螢幕播放出監視器錄到的影像，畫面上出現我和壞學姊並肩站立的背影，我將書打開，壞學姊從我身邊彈開兩步，讓出了空間，監視器正好拍到書上黏著口香糖。然後壞學姊在一旁轉頭看著我，露出驚訝的表情，我轉頭看她，接著我把手伸到褲子口袋裡，只有五十塊，連一半的書都買不起，最後我將書闔起來，擺回平台上。

監視器只拍到我們的背影，沒有錄到壞學姊從嘴裡拿出口香糖，再黏到書頁上的片段。

我死定了，影片證明是我幹的。

所有的人都看著我，臉上都掛著「看你怎麼解釋」的表情。我又瞄了一眼壞學姊，她竟然帶著銳利的眼神看著我。

我發誓，我如果再跟她講一句話，我就是豬！

我垂下眼皮，什麼都不想說，該記過該退學該怎麼辦就怎麼辦吧！對不起了媽媽，我實在不想做一個看起來一直在推卸責任的人，雖然這件事真的不是我做的，可是所有的證據都對我不利。

「侯至軒，你不想解釋一下嗎？」我聽得出來，萬子的口氣有點緊張，他相信我，想再給我一次機會。我沉默著。

「老師、店長，孩子可能一時貪玩，他平常很乖的。這樣好了，我買下這本書，喔，不是，我買二十本，這樣好嗎？」媽媽可憐兮兮地哀求著。

「至軒媽媽，我不是要你買我們書店的書來解決問題，問題是，這位同學對待書的態度太不應該了。」店長義正辭嚴地說。

「是是是，任何人都不應該這樣對待書的。」媽媽又鞠躬又小聲地賠不是。我很無奈讓媽媽經歷這些。

「有沒有更好的方式可以讓我的學生彌補這個錯誤？」萬子老師也開始求情。

「我看這位同學真的只是一時好玩才這樣做，如果他願意，我就完全不追究地原諒他。」店長說。

「您請說，請說。」媽媽不斷地點頭。

「寫三篇兩千字的讀書心得，連續三個週末下午到我書店整理三個小時的書，我就不追究這件事。」店長說。

我抬起頭來，這是壓榨，是不平等條約，我不能答應！但是我看見現場所有的人臉上都出現鬆一口氣的表情。

「至軒——」媽媽一臉焦慮地想說什麼，被萬子用手勢阻擋了。

「侯至軒，你覺得呢？你可以接受嗎？」萬子急切地問著。我知道他是所有人裡唯一相信我的人。

我停頓了好一會兒，才無奈地點點頭。

「你還有話要說嗎？」萬子又問，他還看了壞學姊一眼，才又轉頭問我：「你要不要說一下，你爲什麼把手伸到口袋，你想拿什麼嗎？」

我搖搖頭，表示沒有話要說，什麼都不想說了。

事情就這樣暫時告一個段落，等我完成三篇讀書心得報告，整件事才算眞正落幕。

因爲請鄰居幫忙看著阿嬤，媽媽得趕緊回家，臨走前，她用眼神傳達了晚上再說的訊息。我走出校長室，看著媽媽遠去的背影，心裡很難過。她很無辜，莫名其妙地背了「不會教養兒子」的黑鍋。我會補償她的。我一定要做一件出盡鋒頭的大事，幫她把失去的面子要回來。

回教室的路上，我走得很快，壞學姊在後面追著對我說：「猴子，我欠你一個人情。」

我生著悶氣，自顧自地走著。

一整天，我把壞學姊完全視爲空氣，她用原子筆戳我的背、用腳踢我的椅子、丟紙團在我桌上，我不做任何反應。她跑到我面前大叫：「你很小家子耶！我都說會還你人情了，你還要怎樣？」我起身離開座位，走出教室。我要讓她知道，她眞的把我惹毛了，我不是紙糊的老虎。

放學了，我決定一個人走回家，如果有誰曾經挨了這麼重的一記悶棍，就會了解我此刻的心情，我想一個人獨處，消化一肚子的委屈。我悶著頭走路，一輛腳踏車在我身旁緩緩騎著。是萬子。

萬子跳下單車，牽著車和我並排走著：「我發現一件事，很簡單的一件事。」

我繼續走著，等他說出他的發現。

「你以前不是這樣的，我一直以爲你是個還沒有開竅、個性也還沒有顯影的人。」

是嗎？我沒有個性嗎？

「這樣的人是不會把橡皮擦塞在別人的便當盒裡，更不會在新書上黏口香糖。」我的眼角餘光瞥見萬子正轉頭看著我：「我可以百分之一千的肯定，這兩件事都不是你做的。」

終於有人了解我！

終於有人了解我的委屈！

我努力撐起來的僞堅強，瞬間崩解！我哭了。

我們安靜地走了一分鐘，除了腳步聲，就是我的吸鼻子聲。

「我尊重你不把眞相說出來的決定，這兩件事也算落幕了，雖然是屬於調皮搗蛋的小事，但是，事情的重點不在於事件本身，而是你對待它們的態度。如果還有下一次，你要好好想一想，有沒有比獨自吞下委屈更好的方法。」萬子停頓了一下，繼續說：「我今天最大的發現，你並不是沒有個性，而是非常有個性！」

我的心口覺得暖暖的，這是讚美嗎？

萬子跨上單車，瀟灑帥氣地往前騎去。萬子曾說自己是個卑微的人類，要盡量不耗費地球珍貴的資源，所以，他只能騎單車。

我的心情忽然間變好了，因爲萬子老師相信我。我用袖子擦掉眼睛裡殘存的淚水，朝溫暖的家走去。我沿路想著，該如何對媽媽解釋口香糖事件。

我一開門，就聽見媽媽衝到大門旁的腳步聲。我進門走向房間，媽媽一直跟在我後面追根究柢：「你可以告訴我，你爲什麼那樣做了嗎？」

「你看到的就是事情的經過呀！」我說。

「我不相信你會做這樣的事。」媽媽的樣子看起來很可憐，但是，我現在眞的什麼都不想說。

「我不願意追究了。就這樣。」我說。

「我當然要追究啊！我要知道發生了什麼事。」

「你剛剛說，你不相信我會做那樣的事，這就表示你相信你的兒子。這樣就可以了。因爲這件事，我得寫三篇讀書心得報告，還要去書店免費打工九個小時，我會有很大的成長的，眞的。」我認眞地說著。

我走進房間，把門鎖起來。這件事最大的麻煩就是，我無法把整件事的來龍去脈說清楚，或者說，我眞的懶得說了。

晚飯後，我聽見樓上傳來阿姨開門走動的聲音，確定阿姨回家了，這才上樓按電鈴，我必須跟阿姨借幾本書，準備寫讀書心得。

我告訴阿姨口香糖事件，以及我必須接受的懲罰。

我告訴阿姨的版本是眞的，也就是，我什麼都沒做，卻受到懲罰。阿姨不像媽媽那樣囉唆，阿姨也不會因爲你告訴她什麼，她就批判你，或者衝到學校大吼大叫；她會安靜地聽，然後發表一兩句她的看法。

「表面看起來好像你受到了不公平的待遇，事實上卻是你受益了，二十年以後，當你提起這件事，就會很有趣，因爲它變成故事了。」阿姨說。

「誰管得到二十年以後的事啊！阿姨，你現實一點好嗎？我現在此刻就在受苦。」我覺得阿姨完全活在狀況外。

「不不不，這是很好的時機，你要去感受自己現在正在受苦，看著自己受苦，感覺痛苦走向你、折磨你，感覺腦袋裡紛亂的念頭，再慢慢地感覺它離開，然後寫下它，把事件變成故事後，你就能完全掙脫這件事。前提是，你得寫下它。」阿姨充滿興趣地說著。

「我懂你的意思，就是，我好不容易遇見這樣的事，就認認眞眞地去經歷，因爲不是每個人都會遇到這樣的人和這樣的事。」我說。

阿姨激動地拍了兩下手掌，說：「對，就是這樣，你的領悟力很高嘛！」

我在阿姨的書架上拿了兩本書，又拿了一本擺在書桌上的書。那書的長相只有怪異可以形容，原來應該是藍色的，已經褪色成淡藍，封面還有一些褐色的班點，這是一本很老舊的手寫筆記書，內頁本應是白色的紙張，現在也褪成淡土黃色。封面用類似小朋友的筆跡寫著「暖暖生活筆記」當作書名。字跡非常工整漂亮，比印刷字體好看又有個性。阿姨似乎很寶貝這本書，還用塑膠封套保護著。

這是書嗎？根本就是筆記本。

「阿姨，任何書都可以借嗎？」我對著廁所的門問著。

「對，任何書都可以借。」阿姨從廁所裡大聲回答。

7 摘錄暖暖生活筆記

《暖暖生活筆記》這本書實在太有意思了。

這本書應該出版，讓更多人來閱讀。也許已經出版成書了，這只是作家的手稿。我上網用各種關鍵字查了一個晚上，沒找到這本書，看來這只是一本手寫的筆記，並沒有出版。誰說一定要出版才是一本書？只要寫出來，就是書了。

我用了兩個晚上的時間看完《暖暖生活筆記》。

這是一本寫作手法非常特殊的日記，每一篇日記裡的「我」並不是作者自己，也不是同一個人，在筆記裡，他們都遇見或看著或討論著同一個人，就是女孩暖暖。也就是說，這是一本以他人的視角來書寫自己的日記形式的筆記。

暖暖有時候也會眞實地出現在日記裡，說著生活裡的哀怨。

我有一點喜歡書裡的暖暖，有個性、有想法。

我取巧地摘錄了一些放在讀後心得裡，如此才能輕易地把兩千字填滿。

三月十二日

那女孩走進來，一屁股坐下，仰著下巴說：「把我的頭髮全都剃掉。」

「啊？」我不確定自己聽到的：「你說全都剃掉嗎？」

「對。全都剃掉。」她又說了一次。這次我聽得清清楚楚了。

「你要出家嗎？我有個表姑也出家了。」我試圖打開話題。開美髮店的，一定要培養跟客人聊天的本事，大多數的客人喜歡被關注。

那女孩沒有回應，臉上也沒有任何表情。我把推剪拿在手上，猶豫著還不敢下手。因為這一推下去，就很難挽回了。女孩有一頭柔軟秀髮，質感很好，襯著那張秀麗的臉，非常好看。

「真的要剃囉！」我又問了一次。

女孩點點頭說：「我沒有要出家。出家的人在廟裡會有一個剃髮儀式，他們不會在理髮店把頭髮剃掉。」女孩終於說話了。

「兩年前，我曾經幫一個女孩剃頭髮，她的頭型，呵呵，真的不適合剃光，因為她的後腦勺扁到不得了，中間還微微凹了一個小水窪，如果下雨天她把臉朝下，她的後腦勺就可以積水養青蛙……」說完我忍不住就大笑起來，店裡所有的客人也大笑起來。

那女孩終於被我逗笑了。

「我只想把頭髮剃掉，然後在它長成這樣的長度之前，把一本書寫完。」那女孩比了一個齊肩的長度。

店裡的每個人都轉頭看她，我們這輩子都沒見過這樣的人，值得多看兩眼。

「我就說你像個藝術家嘛！」我說。

這是一種決心的展現，看著頭髮每天長長一些，警惕自己要趕快完成作品。為什麼我從來沒想過用這樣的方式宣告我的決心呢？因為頭髮會長長，忍受幾個月的短髮有什麼關係？可能會很有趣喔。

但是，我已經有這家店了，我還需要宣告什麼決心呢？

也許我可以把頭髮剃掉，然後宣告，在頭髮長長之前找到一個好男人，把自己嫁掉。但是行不通啊，哪個男人會喜歡一個光頭女生？也許，我可以先把頭髮留長到腰部，然後宣告世界，我要每天剪掉一公分，在我變成光頭之前找到我的情人，如果沒有找到就剛好去出家。

噢，天啊，我肯定是受到這個女生的影響，差一點就瘋了！

算了。光頭，不適合我。

她的鄰居們都不知道要怎麼說她了。唉，有些人就是這樣，好好的日子不過，就要去招來閒言閒語。

四月二日

藥廠的業務員騎著腳踏車出現了。

我說我們家的藥都沒用完，不用換。他還是解下綁在後座的皮箱，提在手上，滿頭的汗也不擦一下，就一副準備進屋的模樣：「我看看你們的『藥包仔』也許有一些藥要更換，我們有新的胃散喔，看一下嘛！」

我只好開門讓他進屋。

他看見餐桌上擺滿了稿紙，很有興趣地探頭看了又看。

我取下掛在牆上的「藥包仔」放在桌上。

「我們有一款新藥，治療『落賽』特別有用，要不要留下一包？」中年阿伯很賣力地推銷。

人有這麼會拉肚子嗎？雖然如此，我還是留下那一小包止瀉藥。如此才能趕緊打發他離開。

「你很愛寫作喔？喔，快要寫好了，那麼厚一疊。」這個業務員直接走到餐桌，看著某一頁稿子說。

我直接走到門口，用力地把門打開，弄出很大的聲響，示意他可以走了。

他這才離開。

五月十二日

擁有一間書店，等於擁有一個大宇宙。

我繼承了這間書店，將來我的兒子也會繼承這間書店。

我現在坐著的位子，眼前所見都是最美的風景，你看著一個孩子拿著一本書站在那兒專注地讀著，兩腳因為久站酸痛，不斷變換姿勢與重心，只為了把書讀完。那些閱讀的當下，人是不存在的，因為閱讀讓我們進入文字建構的虛擬世界，我們才可以暫時脫離自身，假裝是別人，是窮人、是富人、是旅人、是憂鬱受苦的人、是狂想的人。

那個孩子站在那兒兩個小時了，那本書看了一半，沒讀完也不打算買，便放回架上，然後瀟瀟灑灑地打從我的面前經過。

逛書店只讀不買，也沒有關係嗎？

開書店嘛！一定有人買，一定也有人不買，買與不買平衡著書店的生計。

開書店最有趣的事，就是時不時會遇見一些怪人。

就像那個女生。

那女生又來了，每半個月來一次，在書櫃之間尋找然後閱讀，一個小時之後，她會拿一刀稿紙、一枝原子筆到櫃檯結帳。稿紙用量那麼大，有兩種可能，她很勤奮地在寫稿，可能已經是個作家了，要不然就是懷抱作家大夢的文藝青年；另一種可能，她是中學老師，幫學生的作文課買的。

大概是她第五次來買稿紙的時候，我問她：「買這麼多稿紙，你很愛寫作喔，立志當作家喔？」

她垂著眼皮，看著櫃檯上的稿紙，拿出剛好的零錢擺在稿紙上。

聾子？但不是，她不喜歡搭理人，連基本的禮貌應酬都不願意。

可能就因為這一句問話，惹她不高興，三個月以後她才又出現在店裡，讀了一個小時書後，買一刀稿紙、一枝原子筆，拿出剛好的零錢，接著將稿紙抱在胸前走出去。

有些客人很愛聊天的，結完帳還站在櫃檯旁聊著家裡的狗，就算不那麼愛聊天的人，對於別人的問話也會友善地回應兩句。我學乖了，也交代我老婆，這怪裡怪氣的女生，只想買東西，別和她說話。

這女生，今天沒拿稿紙，卻買了一本史坦貝克的著作《伊甸園東》，還買了三本藍色封皮的橫線筆記本、一枝原子筆。

「不買稿紙啦！」我忍不住又多話了。

她連眼皮也沒抬起來看我一眼，拿出剛剛好的錢，擺在櫃檯上，拿起原子筆，將書和三本筆記本抱在胸前走了出去。

「你看看你，幹嘛問呢？她需要稿紙自然就會去拿稿紙。」老婆走到櫃檯前嘮叨了兩句。「沒見過這樣的人。如果每個客人都這樣悶不吭聲，我們趕快把書店收一收算了，免得悶死！」

我說真的。

五月二十日

有一個二十歲的女孩失蹤了，我和資深警員羅仔被派去那女孩的住家尋找線索。一個年輕女孩莫名其妙地失蹤，五天前的上午出門之後就沒有再回家。為了尋找她的下落，我們來到她的房間，一定有一些蛛絲馬跡藏著可能的線索。

羅仔說：「肯定和某人私奔了。」

我們發現了一本日記。那根本不算一本日記，是一本筆記。應該說是一本奇怪的筆記。筆記裡的我，不是單一的我，好像這個女孩把筆記本交給她遇見的每一個人，讓每個人都寫上一篇。

其中一篇看得我挺尷尬的，好像她早就預知會有警察翻閱她的日記似的。

我不確定自己是否要繼續寫日記。

因為我無法相信日記的隱密性。

如果我明天突然死去，為了要找出我的死因，那些討厭的八卦的毫無氣質的警察，就會翻開我寫的每一本日記和筆記本，甚至從垃圾桶裡翻出我揉掉的每一個紙團，窺探我的隱私。當他們看完日記，就會胡亂推斷我是一個怎樣的人。

他們可能會推論我是個孤僻的人，然後討論孤僻的人會得罪誰而引來殺機？

他們也可能猜測，這女孩不正常，古裡古怪，八成離家出走了。

話又說回來，留下難解的線索，好過什麼都沒留下是吧？

日記還是有存在的必要性。

為什麼封面要寫筆記而不是日記？它是日記也是筆記。日記，我又沒天天寫。筆記，隨便亂寫，隨性自由，空間無限大。

此刻，正在偷看我筆記的人一定以為我是個廢物吧！怎麼我大部分的文章都寫得這麼沮喪。

你也是個廢物吧！偷看我筆記的人。

我的筆記是寫給小偷看的。

寫作一開始就養成的習慣，寫東西時總有一個想像的讀者。

難不成我自己寫來看爽的嗎？

別偷我的筆記。就算家裡沒有半點值錢的好東西，也請不要偷我的筆記。

雖然我說我的筆記是寫給小偷看的，但是那個小偷並不是你，那個小偷存在於另一個想像世界，不是你。

我不是偷看日記的無恥之徒，我是警察，為了找出你的下落，逼不得已才看你的日記的。你對警察的誤解很深哪！真是的。

五月廿七日

那個怪裡怪氣的女生又來了。她今天沒買任何東西，只站在書籍區，翻閱一本又一本書，還拿出紙筆不知道在抄寫什麼。我擔心她破壞書籍，躲在書架後面偷看，這才看見她抄下許多出版社的地址和電話。

果然不出我所料，這人是一個對寫作充滿熱忱的文藝青年，終於完成一本書，想寄給出版社了。

我假裝在整理書架，走近後試探性地問：「我是開書店的，認識一些作家和出版社，你需要我幫你介紹出版社嗎？」

她終於抬頭看我了。她微微歪著頭，瞪著大眼睛緩緩地問：「你真的認識出版社的編輯？」

「認識。」我抽出一本書說：「這家風格出版社我就認識啊！我同學是這間出版社的總編輯呢！」

她看著我，一個字一個字地說著：「我可以直接把稿子寄給他嗎？」

「你已經寫好一本書了？」我學她的口吻，一個字一個字地反問著。

她點點頭。

「你交給我，我親自幫你跑一趟。」我說：「可以幫助一個熱愛寫作的年輕人，是我的榮幸。」

她看著我，正在考慮。

她不相信我嗎？

「我的書店就在這裡，你不會認為我會帶著你的稿子連夜逃離這座城市吧？雖然我們不常說話，但是也算認識很久了。你可以相信我的。」我認真地說。我說的都是真的。

「那我回家拿，回頭給你。」她說完就走了。沒有謝謝之類多餘的話。沒關係，反正我也還沒幫上忙。

一直到書店要打烊了，那古怪的女生都沒有出現，可能反悔了吧！

說實在的，熱心，我是絕對有的；但是，好奇心更凌駕熱情，我更想知道的是她到底寫了些什麼。她沒有出現，我還挺失望的。

作家夢，我也有過呢！我曾經幻想如果我寫了一本書，出版之後，我要在整個書店最顯眼的位置，也就是一進門就可以看見的平台上，鋪滿我的書。這是我的書店，我想怎麼做都行，是吧！

如果我也有本事寫一本書就好了。

六月一日

五天之後，她終於出現了，把一個牛皮紙袋擺在櫃檯。

「就這個。麻煩你。」她說。

「長篇小說？」我掂了掂紙袋重量。

「算是。」

「沒問題，我今天下午就幫你跑一趟。你有留副本嗎？」

她搖搖頭說：「沒有。如果出版社沒興趣出版，你一定要把稿子還給我。」

「沒問題，不管他們用不用，我都會把稿子要回來還你。別擔心，我會請我的同學優先處理。你一個星期之後，過來問結果。」

那女孩後腳跟才離開書店，我就迫不及待地拿出書稿。

書名是《非正常日記》？這是什麼故事啊？非正常就是不正常，不正常就是神經病，所以這是一個精神分裂的故事嗎？

六月廿九日

世界是憂鬱的藍。

我整個人很不對勁。我感覺無力、疲倦、煩躁、焦慮、心慌、毀滅。

沒錯，偷看日記的你沒有看錯，就是毀滅。我真真切切感受到一股毀滅的力量逼近。

我痛恨那種感覺！

小說剛剛萌芽，我就一直照顧她，把她養大，讓她長得有模有樣，有自己的個性。終於，我把她送出門去世界闖蕩，幸運的話，她可以為自己創造一個燦爛的未來；如果運氣不佳，很快地我就會看見她背著行囊回來。那也行，我會再訓練她，讓她變得更好更強壯。

但是，她沒有繼續旅行，也沒有回家。

她不知去向。

我失去她了。

七月廿一日

實在不忍心看她這麼痛苦，這是我唯一可以幫她的方法了。

我走進大宇宙書店，那個人就坐在櫃檯前。

「你把人家暖暖的稿子交出來，我保證不會找你麻煩。否則我天天會到這裡來，天天，你聽懂了嗎？」我怒瞪書店老闆，用我最凶惡的表情對他提出警告。

「我都已經說得很清楚了，我被搶了，我還到警察局報案了，你要不要到警察局去看一下我做的筆錄？我真的很抱歉，我已經跟暖暖小姐表達我的歉意了，我還送給她五千元的圖書禮券作為補償。已經做到這樣了，你們還要我怎樣？」這男人搬出哀兵策略，以為我會相信。

「我不相信事情會這麼巧，誰都不搶就搶你？有目擊者嗎？」

「那人搶了我的背包就鑽進狹窄暗巷，哪來的目擊者？就算有目擊者，看到的也只是背影。他為什麼搶我，是因為出版社就在郵局的樓上，搶匪以為我要去郵局存款，就這樣搶走我的背包。」

「說的跟真的一樣。」我無論如何都不相信眼前這個人，看起來斯文，其實一肚子壞水。「別想騙我，這是你早就想好的台詞。」

「阿帕先生，你要這樣想，我也無話可說了。」他拉開抽屜，胡亂摸著抽屜裡的東西。

「你知道暖暖大受打擊，她現在像一朵枯萎的花，看起來就要死了。她一直希望當一個作家，她一字一句地寫了十萬字，我看過那稿子，覺得她寫得真好，這是她的機會，竟然就毀在你的手上！」我吼叫著，口水噴到收銀台上。

「你看過稿子？」老闆抬起頭，瞪大眼睛問。

「我永遠是她的第一個讀者。她小時候寫的童詩，也是第一個拿給我看。」我看著那男人，冷冷地說：「我知道你把稿子藏起來了。」

「我幹嘛藏她的稿子？」

「你自己知道。」

「你要是繼續在這裡胡鬧，我就要報警了。」

「你開書店，我不能進來逛嗎？你報警呀！我要跟警察說你藏人家的稿子。」

有客人走進來。是暖暖。

她冷冷地看了我們一眼，臉上沒有任何表情，看不出她是接受了還是放棄了，是憤怒還是絕望。她走到稿紙區，拿了一刀稿紙和一枝原子筆，拿出剛剛好的零錢擺在櫃檯，接著拿起原子筆，再將稿紙抱在胸前，像幽靈一般地走出書店。

「你生了一個孩子卻被偷偷抱走，看到沒有，絕望就是這個樣子。」我扔下這句話，追了出去。

8

讀書心得報告

這個暖暖大概有被迫害妄想症，老是懷疑有人偷看她的日記。

我才不會把眞實的感受寫進日記裡，那實在太危險了。我的日記就曾經被人偷偷翻閱，不確定是誰，可能是爸爸或是媽媽，至柔的可能性也很大，她是個超級好奇寶寶。

我認爲《暖暖生活筆記》應該是一本日記體的小說，說的是一個不得志作家的故事。作者動用很多角色在寫日記，有書店老闆、有美髮院老闆、有賣麵包的，還有不知道哪裡冒出來的歐巴桑，以及一個叫阿帕的人。

這本日記式的筆記，寫作的時間是西元一九六九到一九七〇年，四十幾年前的日記，也許是某個成名作家的筆記手稿，因爲內文裡一直提到一本名叫《非正常日記》的書，後來這本書稿被她常去買稿紙的書店老闆拿走了，那老闆說有認識的出版社，很熱心地想把稿子帶去給出版社的編輯朋友看一看，沒想到，書稿就在大馬路上被搶走了。

暖暖和她的朋友阿帕都不相信書稿被搶走了，他們認爲那是老闆的說詞，懷疑書稿已經被收藏起來了。

但是，書店老闆把書稿藏起來做什麼呢？

最後那本書有沒有找回來？筆記裡並沒有交代。

這本筆記的作者是一個常常有奇思妙想的人，她居然形容一個人的扁頭扁到可以積水，還能養青蛙，眞是太好笑了。如果這是一本小說，那麼它眞的非常好看；如果這是眞實的故事，那麼作者暖暖的遭遇實在也太悲慘了。好不容易寫了一本書，就這樣莫名其妙地被搞丟了。是我都不知道要如何才能修補碎裂的心。

也許當人很悲傷很憤怒，對自己和世界充滿質疑的時候，都應該寫日記，《暖暖生活筆記》就是這樣的一本書。對，這樣精彩的筆記，我們應該極爲恭敬地給它一本書應有的最崇高的地位，閱讀它，然後寫一篇最棒的心得分享。

讀完暖暖的筆記，我的腦子好像突然開竅了，有很多想法在腦海裡轉動，生活似乎不必過得這麼正經八百，我希望我的聯想力可以像口香糖渣一樣，碰到任何東西都黏一下。

佳句摘錄：

此刻，正在偷看我筆記的人一定以為我是個廢物吧！怎麼我大部分的文章都寫得這麼沮喪。

你也是個廢物吧！偷看我筆記的人。
我的筆記是寫給小偷看的。
寫作一開始就養成的習慣，寫東西時總有一個想像的讀者。
難不成我自己寫來看爽的嗎？
別偷我的筆記。就算家裡沒有半點值錢的好東西，也請不要偷我的筆記。
雖然我說我的筆記是寫給小偷看的，但是那個小偷並不是你，那個小偷存在於另一個想像世界，不是你。

可以討論的議題：

到底要不要寫日記？警察到底有沒有權利在人失蹤或是死掉以後，翻看人家的日記？在法律上，亡者到底有沒有隱私權？還有，小偷需不需要道德勇氣，不要偷人家的日記？署名XXX日記的書，是否為了滿足某些讀者的偷窺癖？

陽光很刺眼的星期六下午，我把三篇讀書心得列印出來裝在紙袋裡，騎著單車到浩瀚書店。另外兩篇寫的是凱倫．海瑟的《風兒不要來》和台灣作家張友漁的著作《悶蛋小鎮》。這兩本書要寫兩千字還真是超高難度，除了摘錄我最喜歡的幾個片段之外，就是拉拉雜雜地寫下閱讀過程中腦袋自然跳出來的想法，以及讀後的心情。我很克制地不讓自己上網去搜尋別人寫的文章，我努力讓這個懲罰看起來像一個獎賞，這樣才是對壞學姊最好的復仇。

來到書店門口，只見阿德老闆手上拿著一束捲成柱狀的報紙，和一個七十多歲的老先生在門口不知爭執著什麼，兩個人看起來都很生氣。

「我今天來，就是要跟你說清楚，事情早就結束了，你不要這樣沒完沒了地糾纏我。」老先生用手指著阿德老闆說。

「本來是可以平息的，都是你沒有尊重你的工作。」阿德老闆激動地揮著手上的報紙，忿忿地說：「有人登報找書，這表示有人在調查這件事。你不用負責嗎？」

「不會吧！調查幾十年前的事？」老先生雙手一攤，吐了一口氣說：「就算是這樣，那也是你的事，如果你們一開始不那樣做，就不會有這些事。」

「都說那是一件意外，你怎麼就是不明白？是你，是你毀了整件事！」阿德老闆還是很生氣：「萬一，有一天這件事上了電視，我和我父親的名譽就毀了。」

「是你也會這麼做的，除非你是木頭，才沒有半點好奇心。」老先生說：「我也只是拿了幾本，好好的書就這樣毀掉，眞的是暴殄天物。」

阿德老闆張大嘴想說什麼，發現我站在旁邊，就把想說的話嚥了回去，他轉頭看著我，壓抑著怒氣，示意我不要再繼續偷聽別人講話。

我趕緊走進店裡，背後傳來老先生的聲音：「你以為只有我這樣做嗎？出版社那裡沒留下幾本嗎？」

今天是假日，書店裡的顧客多了一些。櫃檯沒有人，我繞著書櫃找了一下，捲髮店長正在文學書架區整理圖書。

我走向她，把紙袋遞給她：「讀書心得報告。」

「三篇都寫好了？這麼快？」捲髮店長驚訝地看著我，充滿懷疑地問。

「對，都寫好了。」

「速度很快嘛！」她收下紙袋，打開來檢查了一下，確定三篇是否都寫好了。

「接下來的三個小時，我要做什麼？」就算要我掃廁所，我也認了。

「你等我一下。」她走到另一個書櫃，拿了一本《少年小樹之歌》遞給我，把我領到角落靠窗的一張沙發前，沙發上擺著一個紙箱，上頭立著一張用硬紙板折成三角形的紙牌，寫著：「特殊座位，請勿擅自移動或入坐」。捲髮店長搬開紙箱，對我說：「坐在這裡，讀三個小時，或者把書讀完，你就可以離開了。離開的時候把紙箱搬回去。」

我不相信我的耳朵聽到什麼，我「啊」了一聲，然後問道：「什麼都不用做，只是讀這本書？」

「沒錯，就是這樣。快去，免得我改變主意。」捲髮店長故意擺出生氣的樣子。

我不敢相信有這麼好的運氣遇見這麼好的事情，不用整理書櫃上的書，也不用掃廁所，只要坐在角落安靜地閱讀。我忍不住快樂地笑了起來，在沙發椅上坐下開始閱讀。怎麼有這麼好的事情？阿姨說對了，我應該把這個故事寫下來，將來說給別人聽。

三個小時，我讀了三分之二，還沒讀完。因爲沒見到捲髮店長，我只好拿著書在書店繞了一圈，在兒童書區順便找了一下阿姨的書，居然一本也沒有！是全部賣光了，還是一本也沒進貨？阿姨說，新書上架下架的速度，就像只穿一天的衣服，不髒就再多穿一天，頂多一天，除非你的衣服是鋼鐵人的盔甲。暢銷書作家的書才可以像鋼鐵人的盔甲終年擺在書架上，就算寫得很難看，也可以一直擺在那兒。

阿姨和《暖暖生活筆記》的作者還眞像，不得志的窮作家一枚。

阿姨說經常有人問她：「你爲什麼不寫一本暢銷書啊？」

阿姨每次聽到這種問題就會很火大：「好天眞的問題啊！這好像在問窮光蛋：『你爲什麼不去印一些鈔票啊？』問開服飾店的人：『你爲什麼不賣一些好賣的衣服啊？』問網球選手：『你爲什麼發球的時候都不發出「愛司」啊？』暢銷書就像是《哈利波特》裡的佛地魔，不能直呼它的名字，也沒有人見過它的長相。如果我坐在書桌前，頭上綁一條寫著『暢銷書』的紅布條，著魔般地大喊：『這次我一定要寫一本暢銷書！』這本書最後的命運一定慘得不得了。」

無論如何，你都得把書推到市面上，擺在書架上，然後等幾個星期，就知道它的命運了。

忙碌的捲髮店長終於出現了，我帶著微笑看著她，對她的好感度大增，我覺得她百分之兩百是一個好人。

「書店裡的每一本新書是否都被翻閱過呢？」我問捲髮店長。

「當然不是。有些書注定一生寂寞，因爲知音難尋啊！」我看見捲髮店長胸前的名牌，原來她叫何玉欣。

我把《少年小樹之歌》還給店長：「我還沒看完。」

「送你。帶回家把它讀完。」捲髮店長露出非常甜美的笑容對我說。說眞的，我差一點點就要愛上她了。

「你喜歡這個故事嗎？」

「很喜歡，很好看，小樹被送走的時候，我超想哭的。我以爲只有電影可以引出觀眾的眼淚，原來好書也可以讓人哭。」我說的是眞的。

「那就好。這本書送你眞是送對人了。」捲髮店長帶著我到櫃檯，爲新書消磁後遞給我，說：「下個星期六見囉！」

走出書店的時候，壞學姊正好要走進書店，她若無其事的臉上堆滿笑臉，跟我打招呼：「嘿，猴子。來買書呀！」

我沒理她，一閃身，面無表情地走開。麥子紅，我再理你，就是一頭豬。

「你是不是個男人啊！這麼小氣，你肚子的容量只裝得下一顆小米粒啊！猴子，你給我站住。」

我跨上單車，頭也不回地離開。

眞是受夠了。

阿姨很喜歡一家餐廳的麵包，常常去購買。有一天，老闆娘竟然拿出做了兩天的麵包賣給阿姨，阿姨回家後才發現麵包一點都不Q，還有酸味。她拿著所有的麵包回到店裡，對著老闆娘指著自己的臉質問：「你在我的臉上看見什麼？以爲可以把過期的麵包傾銷給我？」

我也要質問麥子紅：你在我臉上看見什麼？以爲可以一而再、再而三地栽贓給我？當了兩次傻瓜之後，如果還讓第三次發生，那才是眞眞正正的傻瓜！

一整個星期我都沒有跟壞學姊說話，她在我的背後踢我的椅子，用原子筆戳我，我都沒有理她。她在校門口堵我，我很生氣地推開她。我說到做到。

我以爲對壞學姊冷處理，就可以讓她永遠都不要再煩我，萬萬沒想到，隔週的週末上午，壞學姊竟然按了我家的電鈴。

她和她弟弟站在門口，說要拜訪阿姨，有寫作上的事情想請教她。

說實在的，氣一個人氣了一個多星期，還眞的挺累的。你必須每天綳緊神經，才能對抗你正在氣的那個人，就好像我跟阿珠正在講一件很好笑的事，壞學姊從前面走來，我就必須立刻板起臉孔，不讓她看見一絲絲的好臉色。這眞的很難，除了川劇變臉師傅能做到之外，沒有其他人可以做到瞬間變臉。很多時候我只能做到快速轉身走開。

我已經厭倦生氣了。看見壞學姊站在門口，我已經不再生她的氣，只是我也無法立即笑臉以對。

我讓她和她弟弟進入屋裡。等待阿姨的時候，我們只有短暫交談，我還展現最大的善意，讓她的弟弟麥子豐進來我房間玩電腦遊戲。

不再生壞學姊的氣，有很大一部分是因爲口香糖事件除了災難之外，還帶來一些有趣的獎賞。例如，我讀了一本很有趣的筆記，寫了讀書心得報告，我還認識了很可愛的浩瀚書店的捲髮店長；這就好像你被滾落的石頭砸到腳，痛到飆淚，搬開石頭的時候卻撿到一塊黃金。

如果這是一種交換，嗯，這已經是一種交換了，所以，我沒有理由不原諒壞學姊。

9 誰偷走了筆記？

水餃漲價了，從三塊錢漲到四塊錢；燒餅也從十八塊漲到二十塊。

「以後大家少吃一點燒餅。」媽媽說。

「媽媽，我們沒有錢了嗎？」至柔臉色凝重地問：「我們算是低下階層的人嗎？」

「我們有自己的房子，還有一些存款，不算是低下層家庭。」

至柔放心地呼出一口氣，說：「我以爲我們已經吃不起燒餅，我和哥哥就要被送到孤兒院了。」

爸爸指著電視上一個女藝人問：「那個人是誰呀？是歌星嗎？」

阿嬤也抬頭看著電視好一會兒，才說：「那個人是你舅舅的太太呀！」

「他是舅舅的太太？」爸爸瞪大眼睛看著阿嬤問。

「是啊，是你舅舅的太太。」

「你怎麼知道？」媽媽也問。

「我看過他們在一起呀！」阿嬤說的跟眞的一樣。那個女藝人是蕭亞軒，怎麼會是舅公的太太。阿嬤的狀況愈來愈嚴重了。她上次還說電視上那些演員曾到家裡喝過茶。現在的阿嬤非常可愛，她說的那些無厘頭的話眞的很好笑；另一方面也很叫人擔心，因爲她的腦袋愈來愈不清楚，有一天她會連我也認不得了。

吃晚飯的時候，門鈴響了，響得很急。

「誰呀？」媽媽一邊說，一邊走去開門。

是浩瀚書店的阿德老闆。

我的讀書心得不是都交了嗎？就算沒交，也不用專程跑到家裡來要吧！

「是不是我們家猴子又闖禍了？」媽媽朝餐桌方向看了一眼。老媽就是這樣，老是不相信自己的兒子。

「不是，不是，是我有一些問題想問他。」阿德老闆一邊擦汗，一邊帶著淺淺的笑意客氣地說：「不好意思，太打擾了，你們正在用餐。」

媽媽把阿德老闆請到客廳坐下，端了杯開水給他。

我狼吞虎嚥地扒光碗裡的飯，喝了口湯幫助呑嚥，然後走到客廳，坐在阿德老闆對面。

「心得報告我都交了耶！我還有一個週末要去書店。」不知道阿德老闆的來意，我只好瞎猜。

「我知道。三篇心得報告我們店長都有收到，我也看過了。寫得很好，你有當作家的天分。」阿德老闆說完，停頓了幾秒鐘，用一種接近詭異的意味深遠的眼神看著我問：「世界上根本沒有《暖暖生活筆記》這本書。你自己編的嗎？」

不會吧！這麼晚了還跑這一趟，就爲了那本手寫筆記？不會認爲沒出版的書不算書，要我重寫一篇心得報告吧！

「我只是覺得那本書眞是太有意思了，我都想買一本來拜讀一下，結果根本沒有這本書。我是開書店的，我有一百種查詢新書舊書的管道，我查過了全世界的中文網路，很確定沒有這本書。如果這本書是你編出來的，你根本就是個天才，我很樂意爲天才跑這一趟。」阿德老闆臉上掛著不太自然的笑容，自以爲幽默地說：「怎麼樣，你是那個天才嗎？」

「眞的有這本書。」我用右手大拇指和食指比出一個厚度：「它是一本書，這麼厚呢！不是印刷的，是手寫筆記。」

「手寫的筆記？請問，作者是誰呢？」

「封面上就寫著『暖暖生活筆記』，作者當然就是暖暖小姐啊。」

「可以把筆記借我看一下嗎？」阿德老闆的臉色明顯變了。

「你只是想確定有沒有這本書？」只是讀書心得報告，有必要這麼認眞嗎？

這時阿姨開門進來，看了大家一眼，大家也看了她一眼，她直接走到廚房洗手拿碗筷，坐下開始吃飯。

「對，我也想知道，你從哪裡找到《暖暖生活筆記》？」阿德老闆的臉色看起來嚴肅又急切，好像那本書裡有一頁是藏寶圖。

聽到「暖暖生活筆記」這六個字，阿姨立即從椅子上彈跳起來，她看起來比阿德老闆還緊張、還急切。

「是你拿走那本《暖暖生活筆記》？」阿姨大聲叫嚷著。

「是你說什麼書都可以借的。」

「那是一本書嗎？那是手稿筆記耶！」阿姨叫了起來。

「它做成書的樣子，還有封面，看起來就像一本書。」我覺得委屈：「那明明就是一本書呀！」

「喔！天呀！眞是糟了一個大糕了。那本筆記是我收藏的寶貝耶！」阿姨摸著自己的額頭，一副就要暈倒的模樣。

「請問你是怎麼找到那本手稿筆記的？」阿德老闆轉頭問阿姨。

我和阿姨同時回頭看著阿德老闆，露出「你也管太多了吧！」的表情。

「你爲什麼對那本筆記這麼感興趣？」阿姨用防備的眼神看著阿德老闆。

「我只是好奇罷了！那本筆記看起來很有意思，我認識很多出版社，也許他們會有興趣出版。」

「就因爲這樣？就憑一篇小朋友寫的讀書心得報告，你就要推薦給出版社？還有，你憑哪一點推斷，這本書沒有出版？」阿姨的語氣變得咄咄逼人。

「我說過，我開書店，可以查到每一本書……」阿德老闆試著解釋。

「不可能。你可以查到五十年前一個沒沒無名的作家出版的一本書嗎？如果那本書沒有數位化，你從哪一條管道查？請你告訴我。」

「凡出版過必留下痕跡，我一定查得到。」阿德老闆略帶生氣地說著。

事情愈來愈離奇。

阿德老闆那張臉分明藏著別的意圖，絕對不是單純地只爲了替筆記尋找可能的出版機會，否則他可以等我去書店報到的時候再問，犯不著專程跑這一趟。

「我不能告訴你關於手稿筆記的事情，沒有人可以決定要不要出版那本筆記，因爲沒有人知道眞正的作者是誰，誰出版誰吃官司。」阿姨說。

「那麼，可以讓我看一眼嗎？」阿德老闆用近乎哀求的口吻說。

「對不起，我們家現在不太方便呢！」阿姨邊說邊站起來，她的動作很明顯在告訴客人，你可以離開了。

阿德老闆站起身來，維持著從進門就一直保持的禮貌，說：「對不起，打擾了。」

送走客人後，我和阿姨回到餐桌，飯菜和湯都冷掉了。

「什麼筆記這麼重要？連書店老闆都跑來要？」媽媽問。

「筆記裡寫著什麼秘密嗎？」爸爸也問。

「沒有，哪有什麼秘密，不過是一個作家不斷地罵自己是廢物的筆記。」我說。

「他在筆記裡一直罵自己是廢物？」爸爸覺得不可思議。

「你什麼都不懂，那叫做頹廢風格，在五十年前的文壇是很另類的。」阿姨說。

「頹廢也是一種風格？」媽媽不屑地說：「藝術家最會給自己的失敗找藉口，明明窮得要死，卻說窮是創作之必要的好菌。」

「喔，天啊！你們懂什麼呀！」阿姨看起來快要崩潰了。

「是啦！你最懂。」媽媽突然像發現了什麼新線索一般地叫了起來：「會不會書店老闆其實是殺人犯，筆記裡記載了這件事，他才會這麼緊張，專程跑來要筆記？」

「你沒有去寫推理小說，眞是浪費了你的天分。」阿姨說完，轉身對著我伸出右手：「快把筆記還給我。」

「不用那麼急吧！」雖然菜都冷了，我還是要吃飽才行呀！

「就是這麼急，現在去拿。」阿姨凶巴巴地說。

我離開餐桌走回房間，在桌上翻來翻去，咦，筆記呢？我記得很清楚，我就是擺在書桌上的呀，和另外兩本書擺在一起。那兩本書好端端的在書桌上，但是筆記就是不見蹤影。我急得到處翻找，連書架都找了，就是找不到。

我一臉沮喪地回到餐桌，說：「筆記不見了！」

是的，筆記不見了，就這麼不見了。

至柔和爸媽都說沒進我房間，那究竟是拿誰走的呢？這幾天除了書店阿德老闆、壞學姊和她弟弟來過家裡之外，沒別人了；最大的嫌疑犯就是壞學姊和她的弟弟麥子豐。

阿姨一直叫嚷著：「糟糕了！糟糕了！這下該怎麼辦？你再去找一遍啦！」

我又回到房間，仔仔細細地翻找了一遍，還是沒找到。我趴在地上搜尋床底下，也許不小心掉在地上，又不小心被我踢到床底下。但是，床底下除了灰塵和幾根頭髮，什麼也沒有。

阿姨是不是也藏著什麼秘密？不然，一本陌生人寫的筆記不見了，眞的有這麼糟糕嗎？筆記裡的內容根本就沒有什麼重要的事。還有還有還有，書店老闆又爲什麼對那本筆記這麼緊張？他到家裡來的動機絕對不是如他說的那麼單純，他到底想幹嘛呢？

我闖禍了，但是，事情發展到這個地步，我也不知道該如何是好了。

我忽然感到一股像寒流那樣會讓人打冷顫的恐懼，壞學姊突然出現要拜訪作家阿姨，那時候我都還沒原諒她耶，她就這樣大剌剌地按電鈴，我還請她進屋等，還讓她弟弟到我的房間玩電腦遊戲，這些事看起來似乎沒什麼特別，但是，有沒有可能壞學姊的目標根本就是那本筆記？阿德老闆和阿姨都這麼在意那本筆記，會不會那本筆記才是壞學姊的終極目標？

筆記裡的內容有一部分圍繞著《非正常日記》書稿在打轉，這本書和阿德老闆或是壞學姊之間，有什麼關連嗎？

噢，我會不會眞的想太多啦！這些八竿子也打不著的人，會有什麼關係呀！

第二部

1

重疊的人生

我是麥子紅，今年十四歲半。

我有很多煩惱，但是別人並不知道；很多人走在路上，看起來很正常，也許他們也有很多煩惱；大家都有煩惱，只是沒有人的煩惱會跟我一樣。

爲了解決這個煩惱，我養了一隻獸，一隻從上一個時代穿越時空來到這一世的怪獸。你看不到她，她可大可小，可伸縮可隱形，可以很高很胖很矮，隨她高興；她有時候很凶，吵得我無法睡覺，有時候她會很憂傷，惹得我也很憂傷；有時候她會完全消失不見，就在我以爲她似乎從我的生命完全撤離的時候，又會跳出來告訴我，她還在。

我給這隻獸取了一個名字，叫做變形穿越獸。

用女字旁的她，是因爲這隻怪獸是一個女的。除了變形穿越獸這個名字，她還有一個人類的名字，叫做宋暖暖。她眞正的身分是一個年輕的女孩。爲何我要當她是一隻怪獸？因爲她的存在，對我的干擾，就像是一隻每天怒吼著命令我去做這做那的怪獸。

現在，我要說的就是我和宋暖暖，喔，不是，是變形穿越獸的故事。

噢！好吧！你混淆了。

那麼，我就先說說宋暖暖還沒有變形成爲怪獸之前的故事。

宋暖暖出生於一九四四年……

（噢，你要說的是你和一個老奶奶的故事。）

並不是，宋暖暖已經過世很久很久了。

（我知道，你要說的是你和鬼魂的故事。如果很驚悚，我可不想聽。）

不是不是不是，這不是鬼魂的故事。宋暖暖並不存在於現在大家所感應得到的這個時空，她存在於我的記憶裡。這麼說吧，她人已經走了，應該將記憶也一併帶走，但是她卻把記憶卡插進我腦袋的記憶槽裡，她就是這樣存在的。她怎麼辦到的？我是她刻意揀選的人嗎？這個我不清楚，我只知道，當我意識到記憶區太擠了的時候，才發現她早已經在那裡了。

（沒辦法把她趕出去嗎？）

你有辦法把炒飯裡的干貝絲和高麗菜絲全都挑光嗎？不行，對吧！干貝的汁液早已被飯粒吸收了；就像木瓜和牛奶，已經在果汁機裡打成木瓜牛奶了，再精密的機器也無法將它們分離出來。

所以，我是另類時空旅人。有一部分的我來自另一個時空，那是很舊很舊的年代。更準確地說，就是我腦子裡的記憶有一部分是宋暖暖的，也許有一部分的靈魂也是屬於她的。

宋暖暖是我，也不是我。

我並沒有把「宋暖暖」當成我，她是她，我是我。她曾經存在而現在並不存在，而我繼續存在。我只是感覺得到她和她的情緒，當我收集到關於她的東西愈多，這種感應就愈強烈。

爲什麼宋暖暖的記憶會存放在我這裡？大概就是那個時候投胎轉世的人太多了，擠來擠去，碰碰撞撞，一不小心就黏在一塊兒。

有一次我們全家在看電視，有一個來賓在節目裡說自己的前世是一個丫鬟，還記得自己是被另一個丫鬟毒死的。老爸以極爲粗魯不屑的口吻啐了一句：「你聽她鬼扯！」

「就是啊！如果前世今生是眞的，怎麼都沒聽說誰的前世是豬啊！」媽媽附和著說：「動物們難道就不用投胎嗎？」

我實在太震驚了，第一次聽到和我一樣經驗的故事，我跳到沙發上大吼大叫：「她的前世是丫鬟，我的前世是作家耶！媽，我的前世作家是車禍死的。」

爸爸、媽媽和弟弟彷彿被按了暫停鍵似的，張著大嘴驚訝地看著我。

「媽媽，姊姊瘋了。」弟弟子豐同情地說。

「你要搗蛋也要有分寸，無影無跡，講到有手有腳。」媽媽說。

「眞的，眞的，我說的是眞的。那個作家寫了一本書，手稿卻被別人搞丟了！」我急切地說著。

「我想，你是不是太想當作家了？」爸爸說：「你剛剛說的故事可以寫成小說了。」

「眞的，我還知道她的名字哪！」我激動地說：「眞的。」

「我們知道你愛開玩笑，不會當眞。但是你可不要在別人面前這樣胡說八道，別人會以爲你是個瘋子。」媽媽說：「電視上這些人都是爲了上節目賺通告費，瞎掰出來的。」

「既然知道是瞎掰的，我們幹嘛不轉台？」我很受傷。

「就是要看他們瞎掰到怎樣的程度啊！」媽媽說。

很快的，我就安靜下來了，我意識到沒有人相信我；前世的說法一點都不科學，所以他們一點也不相信。

我曾經讀過一篇文章，有個作家曾經強烈懷疑自己的前世是松鼠，因爲她對森林、橡實、核桃、跳躍這些字眼特別有感覺，她甚至覺得自己其實仍用松鼠的視角看著人類的世界，對人類科技嘖嘖稱奇。她已經是人類了，了解整個人類史，爲什麼還對人類的大發明感到驚奇？只有兩種可能，一是她有一半的傻子基因，另一個可能就是，這個作家的前世眞的是一隻松鼠。

很不可思議是吧！

大概上幼稚園中班的時候，老師要大家認識班上同學的姓氏，要大家上台介紹自己的姓名。輪到我時，我說我姓宋。老師糾正我：「麥子紅，你的名字的第一個字就是你的姓，所以，你姓麥呀！」媽媽來接我的時候，老師跟媽媽說了這件事，並且告訴媽媽班上小朋友沒有人姓宋。

「那她怎麼會說自己姓宋？」媽媽也感到疑惑：「會不會看到電視上的韓星宋慧喬姓宋，就跟著說自己也姓宋？」

我完全不記得這件事，是小學三年級的時候媽媽告訴我的。

「會不會我眞的姓宋呢？媽媽。」我認眞地說：「我可能曾經姓宋喔。」

媽媽輕輕敲了我的腦袋，說：「你怎麼會姓宋呢？你爸爸叫麥東，弟弟叫麥子豐，你媽媽確實是我，而我姓莊。我們的近親遠親姻親都沒有人姓宋。」

小學三年級的時候，隔壁班有一個姓宋的男同學，我對他特別有好感，那種好感可不是什麼暗戀之類的，而是我覺得他是我的兄弟的那種感情。我常常主動跑去跟他說話，偷拿家裡的蘋果糖果送他，一直到同學們都在傳我喜歡他、在追他之類的謠言，我才停止靠近他。

四年級的時候寫作文，老師要我們寫四季中自己最喜歡的季節，對這個季節有什麼特別的想像和記憶，我連雪都沒見過，卻寫了一首關於雪的詩。

〈白雪〉

藍色只想佔領天空
綠色只想擁有森林
紫色粉紅色的小花只想待在山坡上
太陽也許有那麼一點點企圖
想把世界彩繪成金黃色
但是黑色已經統治了黑夜
太陽需要魔法才辦得到
從來沒有一種顏色想要統治世界
除了白色，他是最霸氣的顏色
從不掩飾想佔領世界的決心
每年冬天，他派出雪白的雪

鋪天蓋地地吞沒森林
覆蓋人類居住的城市
當世界一片銀白
他幾乎就要成功了，沒想到
春天帶著暖暖的微笑來了
逼得白雪一路從城市、山坡、森林節節敗退
最後退守高山
寂寞地等候下一個冬季

第二天，老師發回作文簿，我的這篇作文得到兩百分。我高興得跳起來，我竟然得到兩百分！老師說我的這首詩寫得超好，值得兩百分。這個分數讓我快樂好幾天。雖然我心裡有一點明白，這首詩是宋暖暖寫的。我的左腦抄襲右腦，誰也拿我沒辦法。

小學畢業那天，我夢見自己舉辦了一場新書發表會，記者和來賓都稱呼我「宋小姐」，夢裡我也毫不懷疑自己就是宋小姐，我還記得那本新書的書名叫做《非正常日記》。我猜想那也不是我的夢，是宋暖暖的。

是否真的有《非正常日記》這本書呢？非正常，就是不正常，不正常日記，這是什麼日記啊？我上網查了一下，什麼也沒查到。

我讀了很多前世今生的書，終於解開了我的困惑。有些書甚至說，每個人都會歷經幾百幾千幾萬年加加總總幾十個前世，大多數人不會有前世記憶，如果前世的靈魂快樂又美好，轉世的過程又很順利，這一世便能將前世的種種美好吸收轉化成爲一世的能量。照這樣說來，一個人的聰明、愚笨、善良、邪惡、憂愁、暴躁……，都是因爲轉世過程出了些差錯，讓這個人帶著許多前世的性格。

書裡的說法看起來都很有道理，在我慌亂得不知所措的時候，這些書的確給了我安定的力量。

我的前世是宋暖暖，那是什麼感覺？就好像在坐公車，宋暖暖不願意下車，而我就一屁股坐在她的大腿上，一個位子坐了兩個人，重疊了，就是這樣。宋暖暖是借住在麥子紅身體裡的房客，是個煩人的傢伙，她不斷逼著麥子紅去幫她調查一件很離奇的事，麥子紅不得不變成偵探。我得把這件事完全結案，才能徹底把宋暖暖這個房客給請出去，讓麥子紅專心地過自己的日子。

關於宋暖暖的記憶是片片斷斷的，最清楚的線索是，宋暖暖是個作家，沒出過半本著作的作家。沒出過書的人能稱爲作家嗎？

我從恐懼、無助、不知所措、不確定，到現在終於知道是怎麼回事後，我像一顆灌了鉛的籃球，我穩住了，不再煩躁得到處蹦跳。

我曾經差一點就告訴和我關係還不錯的同學趙亮芬，但最後關頭我還是將那些湧到喉頭的話嚥了回去，我的理智告訴我別這麼做。以我對中學生的了解，沒有人是可信的，他們表面上對你說，你可以相信我，我絕對不會告訴任何人，也許忍了兩天沒有告訴別人，第三天就再也忍不住了，告訴了甲，甲告訴乙，乙又跟丙講，然後甲乙丙又不知不覺透露給丁戊己，雪球就是這麼滾大的。有人知道以後，覺得這件事眞是太荒謬了，找到機會就嘲笑你，覺得你根本就是個神經病。霸凌一個有問題的神經病，相較之下他們會覺得罪行比較輕，覺得那些他們以爲的神經病或不聰明的人痛覺比一般人來得低，他們甚至說服自己，這些人根本就不會有痛覺。

事實是，你折斷螞蟻的一隻腳，牠都痛得要死。

我才不會把自己放進那樣的處境裡；把秘密告訴別人，等於把手上的槍交給敵人，從此你的人生便被這把槍威脅著。

身體裡藏著一個人的記憶，你不可能一直藏著。就算是某個人擁有一張藏寶圖，他也不可能永遠保守秘密，他一定會有找個可信賴的人一起去尋寶的念頭，沒有什麼東西可以永遠藏著。當你告訴別人，別人又都不相信的時候，你不能任由那些東西在胸口膨脹、推擠，最後爆炸，你會找到一個出口，讓它們走出去。

小學三年級的時候，我畫了一隻怪獸，之後我就不再跟任何人透露我身體裡藏著另一個人的記憶這件事。我把所有要說的話，所有的質疑和憤怒，一股腦兒像倒掉一桶水那樣，倒給這隻怪獸。

2 變形穿越怪獸

變形穿越怪獸有一件披風、兩個大鼻孔、一張大嘴、一對大象耳，嘴巴永遠閉不緊，因爲她一直在我的耳畔說話，說個不停，說個不停……

怪獸說：「記住這些關鍵字。」

一九七〇、阿帕、暖暖、小偷、大宇宙書店、作家、《非正常日記》書稿、書店老闆、出版社總編輯、日記、車禍。

「去調查去調查去調查，查出真相！」怪獸說。

「只給我這些線索，就叫我去調查，我是神探嗎？」我不滿地說。

「這些材料已經能夠煮出一桌酒席了。」怪獸說。

「你的材料只是一些蔥、蒜、辣椒、薑絲、馬鈴薯丁，這樣也能煮一桌酒席？」

怪獸永遠都是無理取鬧的霸道的討厭鬼，有時候跟她對話簡直是白費力氣。

我推算了一下，一九七〇，四十七年前，那是怎樣的年代呀？那時候的人肯定沒有電腦，是用稿紙寫作吧！滿街都是腳踏車吧！我想起外婆家客廳牆上掛著的「藥包仔」，外婆說以前交通不便利，藥房也不常見，藥廠會派業務員挨家挨戶推銷藥品。好古老的年代啊！外婆很懷舊地將藥包仔掛在牆上，時時緬懷過去的歲月。

假設阿帕的年紀和宋暖暖相近，現在大概是七、八十歲之間。

這麼老了，還活著嗎？

首先要把阿帕找出來，只要找到他，很多疑惑就可以解開了。

我曾經不只一次懷疑自己是否得了幻想症，這些線索其實是我幻想出來的，我正處在精神分裂邊緣，就像人生故事被改編成電影「美麗境界」的天才數學家約翰．奈許，他常常出現幻覺，幻想自己是重要的情報人員，不停地解著各種密碼，還幻想自己遭到追殺。一直到我在網路上搜尋到「阿帕」，這才相信自己沒有半點毛病。剛開始，我只搜尋到一家大家都說難吃的阿帕麵館，我把地址抄下來，也許阿帕現在在賣麵。接著，我在沒有把阿帕這兩個字刪掉的狀態下，直接打上暖暖，結果意外出現一張照片，是一間位於某個街角的二手書店，店名就叫做「阿帕暖暖書屋」。

阿帕暖暖書屋佇立在一個T字形的巷子口，這名字看起來應該是一間由阿帕和暖暖一起經營的、有著浪漫愛情故事的咖啡館，但事實上，它就像一個穿著新潮俏妞T恤的大嬸，老舊的招牌和玻璃落地窗，一眼就看出這是一間二手書店。如果你只是經過，絕對不會想要走進去；如果你是專程來逛逛，你也許會猶豫到底要不要進去，一旦走進去，呼吸到裡頭古老的氣味，你可能會瞬間墜落至某本舊書的舊時代裡，永遠回不來。

我走進阿帕暖暖書屋，一個清瘦的、頭髮已經灰白的老先生坐在收銀台前，戴著老花眼鏡，正拿著抹布在擦書。他穿的黑色棉質T恤已經褪成灰黑色了，收銀台上擺著一疊破舊得看起來跟他的年紀差不多老的書。我直接走到老先生面前，他抬頭看了我一眼，邊擦書邊問著：「找什麼書嗎？」

「有沒有《非正常日記》這本書？很老的一本書。」我看著他低垂的臉問著。

他擦書的手彷彿被誰點了穴道一般地瞬間停住，猛地抬起頭來，眼神炯炯地看著我，彷彿他已經看穿我就是間諜。他盯著我看了好幾秒鐘，才說：「你得告訴我作者是誰？我才好幫你找。」他露出一副偵探查案般小心翼翼的表情。

「我不知道作者是誰。」我不確定宋暖暖是否會用本名出書。

他忽然著急起來，用急切的語氣問著：「你從哪裡聽到這本書？」

「沒有嗎？」

「你先告訴我，你怎麼知道這本書？」

「你是阿帕嗎？」

他怔怔地看著我好幾秒鐘，接著快步走到門口，掛上「今日公休」的牌子快速關上大門，轉身回來，表情嚴肅地抓著我的手臂，急切地問：「請你告訴我，你怎麼會知道我的名字和這本書？這本書當年並沒有上市，只有少數人知道，誰告訴你的？」

完了，他的樣子瞬間變得好嚇人，我會被拖到密室囚禁或虐殺嗎？我怎麼這麼貿然就走進來，身上連一把小刀都沒有，怎麼辦？我都快哭出來了。到底該怎麼辦呢？我怎麼一點準備都沒有就跑來了？

這人看我瑟縮的模樣，突然意識到自己的唐突，鬆了手說：「對不起，我只是太緊張了，這本書很特別，讓我特別的緊張。你別害怕，我不會傷害你的。」他走到門邊，打開大門，好讓我放心。

「你的店名就叫做阿帕暖暖，不是嗎？」我一邊說，一邊走出書店朝馬路對面跑過去。

「我有你說的那本書！」他在我背後大聲地喊著。

我停下腳步，站在馬路對面看著他。我不是來找眞相的嗎？幹嘛逃走呢？書就在那裡，也許眞相也在那裡。他剛剛說《非正常日記》這本書並沒有上市，只有少數人知道，但是他卻有那本書。他看起來不像在說謊，我應該走進去買下那本書，但是他如果繼續逼問我怎麼知道這本書的，我又該怎麼回答呢？

他對著我招手，希望我回到書店。我揮了一下手，轉身小跑步離開。

我雖然才十四歲半，但是我知道獨自回到書店是危險的，鬼才知道那個阿帕到底是怎樣的人。

怪獸說：「你不應該就這樣跑掉的，他有書的線索，有一部分真相在那裡。你不應該這樣跑掉。」

「對，我不應該這樣跑掉，我就應該留在那裡給怪獸吃掉！就像我就活該被你咬著我的小腿無法逃走！」我很不高興，這隻怪獸完全不替我著想。

「我沒有咬著你的小腿。」

「我現在的處境，就好像是被你咬著小腿！」

我怒吼著，把怪獸關進地牢，我希望可以暫時擺脫她，不要聽到她的聲音。

3 攻擊發糕事件

冬天遲遲不來，讓人心煩氣躁。雖然不是很喜歡冷颼颼的寒流天，但是，冬天不冷很怪吧！異常氣候，意味著世界將置之死地而後生了嗎？不冷的寒假讓人過得意興闌珊。

「冬天不來，眞的很奇怪，都一月了，會直接跳到春天吧？」子豐站在落地窗前看著窗外，像個小詩人。

「氣溫很高，還是冬天；一月，就是冬天；冬天一直都在，只是你沒有看見它，冬天如果聽到，一定會說：『奇怪，冬天就不能穿著夏天送給他的衣服出來散步嗎？』不管冷不冷，現在就是冬天。冬天就要過年，這個小島不會因爲冬天不冷就不過年。」我劈里啪啦地說著。

「奇怪，你哪來那麼多話？」子豐邊嘮叨邊離開落地窗：「不冷，就不是冬天。春夏秋冬又不是靠月分，是靠溫度來決定的。」

過年期間什麼糕點都不做的媽媽，開學前一天卻突然想做發糕了。

「突然好想念你們外婆做的發糕，今天我要做發糕。」媽媽那興奮的樣子，不像要做發糕，更像正要出發去挖金礦。

媽媽警告我們，任何人都不准靠近廚房，不准問東問西，最好一句話都不要說。因爲發糕很敏感，在還是糯米的時候就開始敏感，磨成米漿的時候還繼續敏感，一直到拌入黑糖、醒麵、放進蒸籠的每一個過程，發糕只要聽到一點點批評它的話，它就會不高興，然後就不發了。發糕不發了，代表這一整年這一家人都會很倒楣，也不會發財。所以，千萬不要去惹發糕不高興。

有這樣的事？

眞的有這樣的事？

誰會相信這樣的事？

一定要有個人去驗證，發糕究竟聽不聽得懂人話？是否眞的這麼愛生氣？否則眞的是太不科學了。

趁著媽媽上廁所的時間，我衝進廚房，對著蒸籠裡的發糕發動史上最猛烈的攻擊：「你們這些醜八怪發糕給我聽好了，你們醜得要死，我一點也不在乎你們要不要發，你們最好不要發，聽到了沒有？最好不要發，否則，我要你們好看！你們這些膽小鬼發糕，最好記住我說的話。」

說完這些話，我趕緊溜出廚房，媽媽正好走出廁所，我假裝走進客廳。

「你剛剛有進廚房嗎？」媽媽問我。她知道我一直想找發糕麻煩。

「我？你沒看到我剛剛進來，哪有時間去廚房？」

四十分鐘之後，我走到廚房察看，發糕應該蒸好了吧！

媽媽雙手插在腰上，站在瓦斯爐前看著蒸籠。我來到媽媽身邊，蒸籠裡擺著一碗一碗的發糕，只發了三個，其他七個都沒有膨脹起來，皺巴巴地窩在碗裡。

我很震驚！

嘿，不會吧！

發糕真的聽得懂人話，而且還罵不得？現在說對不起，有沒有用？

媽媽轉頭看了我一眼：「怎麼會這樣？」媽媽很困惑，皺著眉頭喃喃自語：「到底哪個環節沒做好？」

我心虛地問：「媽媽，這是你第幾次做發糕？」

「第二次。我去年第一次做就很成功啊！奇怪。」

「不會每次都成功的。」我認真地提議：「要不要你再做一次？我可以幫忙。」

糟了，露餡了，從來不幫忙做家事的人說要幫忙，肯定有事。媽媽轉頭看著我，眼神充滿懷疑：「你是不是趁我不在的時候，對發糕說了什麼？」

我看著媽媽，心裡還在盤算到底要不要繼續說謊，這幾秒鐘的停頓，就讓媽媽把我給看穿了：「是你做的對不對？」

「我……我是說了一些……不過，你可能眞的哪個環節弄錯了，發糕才不會發的。」我辯解著。

媽媽明顯不悅，因爲發糕不發，可能會影響我們一整年的運勢。

「今天的晚餐就吃這些不發糕。」媽媽開始動作很大地收拾流理台上的鍋碗瓢盆，讓它們發出很大的聲響。「老祖先傳下來的規矩和禁忌，要聽，要用謹愼的態度遵守。我忙了一整天，全毀在你手裡。」

「一點都不科學。」我叨唸著：「如果發糕這麼容易受傷，爲什麼還有三個發得很好？」說完這句話，我立即察覺一件事：一樣的材料，只發了三個，七個是說不得的小氣鬼，就像一個班級裡雖然每個人的性格都不相同，但是大部分都守規矩，只有幾個愛搗蛋愛引人注意愛不一樣，就像那三個特別頑強的發糕一樣，隨便你說什麼，都懶得理你。

媽媽把三個在逆境中成長的發糕留給爸爸早上回來吃，我們只能吃性格脆弱的草莓族不發糕。不發的糕也沒有很難吃，只是晚餐只吃這些不快樂的小氣鬼發糕，讓人很不滿足，我和子豐偷溜出去到巷口買了炸雞排，蹲在騎樓吃著。

「你以後可不可以不要這樣。」子豐轉頭看著我說。

「不要怎樣?」

「不要惹媽媽生氣。那些發糕又沒惹你，你爲什麼就是要和它們過不去?」

「你知道成功的人和笨蛋的差別嗎?」我覺得子豐現在這個樣子，就像其中一個不發的發糕。「那些愚蠢的禁忌，就這樣流傳了幾十年，甚至超過一百年，一直到現在，才出現一個麥子紅敢去挑戰禁忌，證明這禁忌的荒誕……」

我說不下去了，我並沒有證明這禁忌是荒誕的，相反的，我可能證明了這禁忌其實充滿智慧。

子豐歪著頭看我，一副看你怎麼說下去的表情。

「吃你的雞排啦!」我居然也有詞窮接不上話的時候，眞是的。「總之，不管怎樣，總是要有人去罵發糕一頓的。」

隔天上午，爸爸開夜班計程車回來，坐在餐桌旁聽著媽媽抱怨我對發糕做的事。爸爸笑到拍了好幾下桌子，看著我問：「你可不可以告訴我，你罵了發糕什麼?」

「我說：『你們這些醜八怪最好不要發。』」我老實說了。

爸爸笑得更厲害了：「以後做發糕的時候，把阿紅綁在椅子上，然後關在房間裡，嘴巴再塞個布團，不要讓她發出半點聲音……」

「不用這樣好嗎?」我搖搖手說著：「第一次做這種事的人是天才，做第二次的人就是庸材。就這樣。我上學去了。」

開學第一天，我走進教室，看著班上同學，忽然間，每個人都變成發糕了。有不發的，有發出很漂亮裂痕的，還有要發不發的。眞是人生如發糕啊！我忍不住笑了起來。

「一大早就發神經。」趙亮芬瞄了我一眼，冷冷地說。

我遲疑了一下，決定告訴她關於發糕的事。趙亮芬是所有同學裡我最不討厭的一個，但是我們也沒有好到放學後一起去喝紅茶。

趙亮芬聽完後大笑起來，笑到一會兒前傾，一會兒又後仰。笑夠了才擦掉眼角的眼淚，說：「寒假我去阿嬤家的時候，哈哈，我也這麼做了。」

我相當失望，原來我不是那唯一的天才。

我還是好奇地問了：「你罵發糕什麼？」

「我沒有罵它，我趁阿嬤不在廚房的時候，靠近蒸籠三次，每一次都發出很大的聲音，嚇發糕。」

我也笑到肚子痛。這人比我還天才。

「你阿嬤的發糕有沒有發？」我還在笑。

「眞是太好笑了。我不會告訴你的。」趙亮芬帶著殘留的笑意說著。

「你這卑鄙的傢伙。」雖然我很不願意這麼說，但是，趙亮芬肯定是蒸籠裡那三顆發糕中發得最漂亮的那顆。

下午第二節英文課，突然有個老先生出現在走廊上，他站在教室門口朝教室裡頭張望，好像在找誰。老師停止上課，大家看著他。半分鐘後，我才認出他來，他是阿帕暖暖二手書店的老闆。他來這裡做什麼？來找我的嗎？他怎麼知道我在這裡？

他看見我了，舉起手來朝我指了一下，正想說什麼的時候，校門口的警衛快步走過來，把他帶走了。

「都不知道他從哪裡溜進校園的。」英文老師丟下這一句後，繼續講解課文。

他剛剛指著我有話想說的樣子，擺明了就是來找我的。

雖然不知道那個人到底想幹什麼，但是，我並沒有害怕，反而覺得驚訝，就好像你很久沒見的很熟悉的朋友忽然在轉角相遇。我立刻察覺到這熟悉的感覺來自宋暖暖。也許那個叫阿帕的老先生，是來提醒我，該出來面對還懸在半空中的問題。

距離上次去阿帕暖暖書屋，已經是三個月前的事了。

「你就是不想讓我過寧靜的日子就是了。」我看著穿越怪獸，忍不住嘮叨著。

「去調查，去調查，阿帕有真相。」怪獸用怪異的聲音說著。

「你直接告訴我真相不就好了？」我盯著怪獸說。

「我只有拼圖線索，沒有真相。」怪獸說：「你得去蒐集更多的拼圖，把真相拼起來。」

「你就出一張嘴。」

「我如果有能力，我情願自己來調查，不用一直聽你吼叫。」怪獸低垂著頭，不再說話。

我想，我是不是太刻薄了？如果她自己可以去調查真相，又何必一直聽我抱怨，看我的臉色？

就算是這樣，也不能一直催我呀！我是沒有其他事要做了是不是？

4

阿帕暖暖書屋

兩個星期之後，我帶著弟弟子豐，來到阿帕暖暖二手書店。

書店的大門沒關，那個叫阿帕的老先生坐在收銀台前，他看著我，臉上帶著一抹微笑，彷彿算準了我一定會回來，說：「我等你好久了。」

我當著他的面，在店裡找了幾本書塞給子豐，然後給他五十塊，要他去對面飲料店前的圓桌坐下，一個小時之後再來找我。

「要坐在看得見我的位置。」我叮嚀著，並將那支無法上網只能撥接電話的手機交給他：「如果半個小時之後你沒有看見我在店裡，你就打電話報警，知道嗎？」說完我看了老阿帕一眼，暗示他有人盯著他喲！

「噢，你以爲我才三歲嗎？」子豐不耐煩地扭頭就走。

老阿帕臉上還是掛著那抹微笑。

「你去我們學校幹嘛？」

「我去了三所國中，才找到你。」

「就因爲我知道《非正常日記》這本書嗎？」

「是的。」

我直接對老阿帕說：「既然你說你有，請給我那本書。」

「你得先告訴我，你從哪裡聽到這本書的？這是交換。」

「我自己知道的。」我看著老阿帕的眼睛，篤定地說。

「你自己？突然夢見的嗎？」他歪著頭，一臉的不相信。

「不是夢見的。我就是知道有這本書。」我模仿他歪著頭的樣子，說：「我就知道，你不相信。你不信也沒關係，給我那本書就行了。」

老阿帕兩隻手肘撐在桌面上，看著我，一臉不屑。

我就知道沒有人會相信我說的事。

「我猜一下，你可能是阿德的女兒？我知道他這麼多年來一直想找這本書，自己要不到，就派女兒過來。」他依然歪著頭，眼神銳利地盯著我。他以爲他是神探，因爲看穿我的謊言而得意著。

「我不知道阿德是誰。我爲自己來的。你賣書我買書，你到底要不要賣我那本書？」

「我雖然是賣書的，但是，我也可以不賣你。世界上眞的有那種有錢也買不到的東西。

這本書是非賣品。」

「既然你不想賣，幹嘛出現在學校誘騙我過來？」我生氣了，朝子豐坐著的飲料店看了一眼，那個小子埋頭在書裡，根本忘記他有個姊姊正在跟一個陌生的、也許很危險的人面對面。

「對這本書有興趣的人我都很有興趣，我剛剛說了，我不想賣，但是可以交換。對於那本書，你並沒有說實話。」

「那個阿德是誰？你爲什麼認爲我和他有關係？憑什麼你認爲你的猜測都是對的？」

「我正在求證我的猜測呀！我本來還沒有往那個方向想，但是，知道這本書的人實在太少了。阿德是以前一間叫大宇宙書店的老闆的兒子，那間書店現在改名叫浩瀚書店，阿德現在是書店老闆，他來過這裡問過那本書。」

我被什麼東西撞了一下，大宇宙書店，大宇宙書店，對了，大宇宙書店在宋暖暖的記憶清單裡。我有點兒激動，但是我告訴自己，在還不曉得事情眞相之前，不要太快將宋暖暖曝光。

「我和那個阿德長得很像？」

老阿帕看著我，遲疑了幾秒鐘後，搖著頭說：「一點都不像。」

「那你憑什麼認爲我是他派來的？你知道，小說所以有趣，是因爲作家把這樣的事都寫進小說裡，就是把自己的猜疑都當成眞的，然後製造誤會和衝突。」我說。說完自己都覺得不可思議，我怎麼忽然變成一個很有觀點的作家了？

「既然你不是阿德派來的，那你到底是誰？爲什麼要找這本沒有上市的書？就一本書而已，又不是失竊的國寶，你可以告訴我，你爲什麼要找這本書嗎？」老阿帕態度很堅持。

「就一本書而已，又不是失竊的國寶，你可以讓我先看一下嗎？」我不理他，希望可以探問到我想知道的答案：「既然已經出版，爲什麼沒有上市？」

「我只是猜測。」

「你眞的很愛猜測耶！你乾脆把書店換成偵探社好了。」

「這本書在舊書市場幾乎找不到，這是很怪異的現象。但是又不是罕見到一本都找不到，我手邊就有幾本，個位數的。」老阿帕拿下眼鏡，嘆了一口氣後繼續說著：「這本書的作者並沒有授權，也就是沒有簽約，這本書就被出版了。」

「既然這麼少，你又是怎麼找到這本書的？」我非常非常好奇。

「我登報了，高價收購。」老阿帕邊說邊拉開抽屜，拿出一張舊報紙，指著一個像名片般大小的廣告：「就這個，花了我六千塊哪！」

廣告上寫著：尋書啓事。尋找一本老書，書名：非正常日記。任何作者皆可。出版年大約是一九七一至一九七三年間。每本書酬金五千元。請聯絡阿帕暖暖二手書屋。

「登在報紙上誰看呀？」我懷疑地問。

「嘿，就有人看，我收到了三本。這個世界沒有什麼東西藏得住的。」

老阿帕轉身走進書店後方一個上鎖的房間，沒多久，拿出一本書遞給我。是《非正常日記》！這本書很舊了，封面和封底都染成淡褐色，看不出它原來的顏色，內頁紙張也都出現深褐色的斑點。封面斜斜畫上綠色的格子延伸到封底，看起來就像是稿紙，稿紙上節錄了書裡的一段文字：

如果我明天突然死去，為了要找出我的死因，那些討厭的八卦的毫無氣質的警務人員，就會翻開我每一本日記和筆記本，甚至從垃圾桶裡翻出我揉掉的每一個紙團，窺探我的隱私。當他們看完我的日記，就會胡亂推斷我是一個怎樣的人。

作者是路克。

作者是路克？

「作者怎麼是路克？」我叫了起來，很驚訝爲何不是宋暖暖小姐？

老阿帕和我一樣感到驚訝，他激動地問：「你怎麼知道這本書的作者不是路克？世界上只有三個人知道作者另有其人。你到底是誰？」

這時子豐走進店裡，叫嚷著：「姊，一個小時了，要報警還是要回家？」

「你再去喝一杯飲料，等我，我們還要討論一些事，結束後就去找你。你有五十塊吧？」

「我陪你出來保護你耶！爲什麼要用我自己的錢？」

「你眞愛計較耶！」我拿出五十元給他，看著他走回飲料店。

事情到了現在這個地步，這個老阿帕看起來是個好人，他可能是這個世界上唯一還在意宋暖暖的人。

「作者應該是宋暖暖。」我說。

老阿帕吃驚地瞪大眼睛看著我，看到鬼應該就會出現這樣的表情。

「我怎麼知道宋暖暖這個人？我可以是宋暖暖，也可以不是宋暖暖。」不想拐彎抹角，我直接說了：「那是我記憶裡的一本書。宋暖暖是我的前世，我記得她一些事。」

老阿帕看著我，只是看著我，咀嚼我的話。他在判斷這些話的眞僞。

「我就知道，你不相信。」我歪著頭看他。

「我沒有不相信，這件事不可思議到讓人說不出話來。如果不是因爲你知道那麼多外人不知道的事，我會直接把你轟出去，因爲根本就是在鬼扯。」

「對宋暖暖來說，一九七〇有什麼特殊的意義嗎？」

老阿帕的臉沉了下來，緩緩地說：「一九七〇，宋暖暖完成了她的第一本書，這本書她寫了兩年；書完成的那年，稿子遺失了，宋暖暖常常精神恍惚，有一天走在路上就被車撞死了。那一天啊，是我人生最晦暗的一天。」老阿帕的眼眶紅了。

「宋暖暖是你的女朋友？」我問。

老阿帕沒有回答是或不是，他揉了幾下鼻子後問：「所以，你的記憶中一直有阿帕這個人？」

「宋暖暖有一個檔案夾，放在我的記憶夾裡，翻開檔案，裡面有阿帕的名字。」

「你還記得什麼？」老阿帕急切地問著。

「我知道她是死於一場車禍。」

「你知道她很有可能成爲那個年代最優秀的作家之一？」

「她的書稿遺失了，她失去了機會。」我拿起《非正常日記》，摸著封面說著：「就是這本書，這個叫路克的人偷走了這本書。」這就是眞相。

這就是眞相啊！

「這是宋暖暖寫的字嗎？」我摸著封面上的字問。

「對，是她寫的字，直接從稿紙上印出來的。」老阿帕說。

「既然這本書稿遺失了，你憑什麼認爲這本書會被印刷出來，而不是拿去包油條？」我看過報導，那個年代的早餐店都這麼做。

「任何讀到這本小說的人，都不會捨得拿去包油條的。我跑遍台灣所有的二手書店，還登報尋書，只找到三本。爲什麼只有三本？太好看了所以每個人都當作寶貝收藏起來？」

老阿帕搖搖頭，繼續說：「這書只找到三本，而且是同一個婦人賣給我的。我問她怎麼有這些書，她說書是她先生的，一直擺在家裡書櫃。一樣的書擺了三本，我才會猜測出版社應該是印了書，卻在鋪書前被擋了下來，因此沒有進入書的市場販賣。」

我默默點了點頭。

老阿帕分析著：「我推測，大部分的書可能被銷毀，也可能被藏在某一個地方。你如果是那個負責銷毀書的人，看著這些新書因爲不知名的原因被要求銷毀，會不會認爲其中有鬼？」

「肯定會。」

「然後就偷偷保留幾本，盤算著也許可以在書裡找到天大的秘密。會吧？十個人裡有九個人會這麼做，因此就有幾本書在小島上流浪。」

「這只是推測。」我說。

「當然只能推測。」老阿帕說：「你記不記得這本書的內容和其他東西？」

「什麼其他東西？」

「就是當年宋暖暖拿著書稿，請書店老闆轉交給出版社的細節？」

「我只記得書名。」

「這就是了，你眞的是宋暖暖，眞的是宋暖暖，她居然用這樣的方式留在人間，尋找眞相。」老阿帕激動地說著：「我不確定路克是不是就是大宇宙書店的老闆。路克，聽起來像個筆名。那家書店現在還在，不知道什麼時候改成浩瀚書店，由他的兒子何存德在經營。尋書廣告登出來之後，他就出現了，他說他想用更高的價錢買下所有我收購回來的《非正常日記》。他爲什麼要找那本書，我猜想跟他爸爸有關係。」

子豐又走進來，一臉哀怨地說：「姊姊，好無聊喔，我們可以回家了嗎？」

「你先逛逛書店，馬上就回家了。」

「你可以挑三本喜歡的書帶回去。」老阿帕慷慨地說。

「眞的嗎？」子豐高興地問：「什麼書都可以嗎？」

「眞的，什麼書都可以。」老阿帕笑著說。

子豐開心地在書架間遊走選書。

整件事情已經漸漸明朗了。

可憐的宋暖暖，壯志未酬身先死啊！

臨走前，我問了老阿帕：「你開這間二手書店，就是爲了找那本書？」

「三十五年前，我開了這家二手書店，我知道我有機會找到那本書。我好像只爲這件事而活著。」老阿帕眼眶又紅了。老阿帕是個感性的男人，是這個世界的稀有動物。

老阿帕，我欣賞這個人，他值得我對他行最敬禮。

我和子豐走出書店，老阿帕跟了出來，塞了一千塊給我。我不肯拿，幹嘛給我錢啊！

「天快黑了，去吃點東西，然後坐計程車回家吧！」老阿帕硬是把錢塞給我。在馬路邊為了一千塊推來推去還眞是難看，我收下了。

「姊姊，那個人是誰？」子豐在計程車上問我。他懷裡抱著三本漫畫書。

「是我的朋友。」

「那麼老的人也可以成爲朋友嗎？」

「你這是什麼話？難道這麼老的人就只能當爺爺嗎？」

笨子豐。

5 非正常日記

我用三個晚上，讀完《非正常日記》。

這個故事是說一個警察利用一本一點也不普通的日記，偵破了一起綁架案。

一個女孩失蹤了三天，警察來了，在她的房間翻來找去，試圖找出可疑的線索，也許是她的某個仇人，或是某個追求不成卻心生怨恨的傢伙；或是剛好記載著和某人相約見面的便條紙什麼的。他們眞的找到一本日記，但是，是一本無用的日記，裡頭記錄了各行各業人的心情和抱怨。有個肚子圓滾滾的警察還嘲笑著說：「這女孩不正常，還給日記取了個名字叫《非正常日記》，這表示這不是日記，根本就是小說。」雖然他們嘲笑了這本有名字的日記本，卻還是把它帶走了，畢竟是日記，也許藏著什麼秘密線索。

有個綽號叫歪頭的警察對這本日記相當感興趣，日記是以第一人稱方式寫成的，歪頭沒有見過或聽過任何人用這樣的方式寫日記，他覺得這個女孩相當相當特別。歪頭花了一整晚的時間讀完《非正常日記》，他把日記裡出現的所有人做了一個人物表，還畫了一張地圖。歪頭沒有告訴別的警察他的發現和他的懷疑，在這個大家都抱持著多一事不如少一事的警局裡，有太多意見和想法的人總是被揶揄嘲笑。他們認爲一個女孩失蹤了那麼多天，恐怕凶多吉少了。

歪頭認眞地查訪日記裡出現的每一個人，理髮店理髮師、花店司機、五金行老闆，還有郵差。理髮師在剪髮的過程中曾經和女孩爭執，甚至大打出手；女孩有一次看見郵差的口袋裡掉出一封信，正是朋友寄給她的信，她懷疑郵差有「偷窺癖」；花店司機每次幫客戶送花，都會偷一朵塞在女孩家的信箱裡；五金行老闆在日記裡出現三次，被拒絕了三次，第三次他脾氣暴躁地抱怨女孩自以爲了不起，其實沒什麼了不起，好女孩多的是……

歪頭一度懷疑，他讀到的根本就不是日記，而是虛構的小說手稿。因爲訪查的時候，每個人都說和女孩互動少，五金行老闆說他根本沒見過這女孩，也沒有賣給任何一個女孩水壺；理髮師說她只是幫那奇怪的女孩剃了頭髮，哪來大打出手；花店司機說，送花給女生是紳士行爲；郵差說他每天信都送不完，哪有空理那女孩。

日記裡記載的內容，和訪查的每個人的說詞完全不同。歪頭還秘密地跟蹤五金行老闆和郵差，找不到任何可疑之處。因爲查無線索，歪頭終於認定這是一本無用的日記而將它扔進抽屜裡。調查行動停擺了一陣子，迫於家屬懇求，歪頭只好重起調查，重新檢視唯一的線索《非正常日記》，這回歪頭領悟了，既然日記寫明「非正常」，就不能用正常的思維去閱讀。經過一次次的訪談之後，歪頭終於揪出疑犯，在花店司機家的地下室救出被囚禁的女孩。

連書名都取得這麼另類的《非正常日記》，經歷了四十幾年，完全沒有被歲月拉出距離感，讀來依然新鮮有趣；有些書跨了一個世代，就跨出了一條大裂溝，讓人讀不下去，但是這本書很不一樣。

難怪老阿帕要這麼忿忿不平，因爲宋暖暖眞的是一個天才作家。

「這是你寫的書，你記得嗎？」我拿著書，在怪獸面前晃來晃去。

怪獸只瞄了一眼書的封面，便垂下眼皮，她並沒有很高興。

「你找到書了。」

「是啊，我幫你找到書了，書真的出版了，只是作者不是你。」說完這句話，我立即知道我踩到她的痛處。

怪獸的臉變得好憂傷。

「我會幫你找出真相，還你一個公道。」我認真地說著。

怪獸抬起頭來，指著書桌上的一本畫冊說：「你把我畫得那麼醜，是要我再死一次嗎？」

星期六下午，我來到阿帕暖暖書屋，前腳才剛剛踏入店裡，就看見老阿帕急匆匆地從櫃檯鑽出來，激動地說著：「你知道昨天誰來了？」

「誰來了？哪個大明星來了？不會是金城武吧！」

「那些人來我這小書店幹什麼！再猜猜。」

「我猜不到，快說啦！」

「有個作家來了。」

「哪個作家呀？」

「一個叫魚小章的作家。有點名氣的，店裡也有她的書。」

「她……她來你的店裡做什麼？」魚小章就是認爲自己的前世是松鼠的人。

「她竟然問我有沒有《非正常日記》這本書。我問她怎麼知道這本書？她說，她在跳蚤市場買了一大落四十幾年前林務局的巡山日誌，那些東西不知道爲什麼出現在跳蚤市場，她覺得很有意思，用兩千塊買回家，誰知道裡頭竟然夾著一本手寫筆記，筆記裡提到這本書，也提到阿帕和暖暖。和你一樣，她也上網找到我的書店。我說，我從來沒見過這本書。她在書店裡逛了半個多小時才離開。」老阿帕激動地說著：「離開前，她站在門口，轉身又問了一次：『我有看見你的尋書啓事，眞的都沒有人割愛？你不賣給我沒關係，借我看一下就好。』我搖著頭說：『沒有，沒有那本書。』」

「你有三本，我拿走一本你還有兩本，就賣給她一本呀！」

「就說你腦袋不清楚嘛！我怎麼能賣給她那本書，萬一她寫了什麼心得評論，讓這本書曝光了，大家都以爲這本書的作者就是路克，到時候我就再也不能幫宋暖暖找回正義了。」

「我就說你老糊塗嘛！這不是剛好嗎？讓事件曝光，路克被人肉搜索，就無所遁形了，到時候所有相關的人物都會跳出來。嘿，這眞是個好點子耶！魚小章是作家，她可以幫忙。她只要寫一篇評論就可以引出眞相。」

「哪有這麼簡單？寫一本沒有人讀過的書的評論，誰相信你？這本書根本就沒有上市。」老阿帕說：「作家才不會冒這個險。」

「既然書都已經印刷了，到底發生了什麼事，讓這本書擱置不上市？」這事眞離奇。

「事情愈來愈古怪，也許所有的答案都在作家魚小章意外獲得的筆記裡。」老阿帕說。

「等等，魚小章手上有宋暖暖的筆記？眞想讀一讀啊！」我興奮地說。

這時有兩個女生走進店裡，我和老阿帕停止交談。

「你怎麼不跟她借來看一看？」我小聲地問。

「我有哇！但是她說，等我找到《非正常日記》的時候，再來交換訊息，這樣才公平。」老阿帕也小聲地說。

「筆記裡一定寫了什麼，我們要想辦法拿到才行。」

兩個女生繞著書架走了一圈，什麼也沒買，便走了出去。

「用一本《非正常日記》交換。」我說：「只能這樣了。」

「不行。暫時不行。再想想。」老阿帕搖搖頭，搔著白鬍渣子思考起來。

老阿帕太過小心翼翼了，他擔心任何一個細節出了差錯，就會遺失一塊眞相的拼圖。

我才沒有那麼多顧慮，用什麼東西交換都行，只要能讓我翻一翻筆記。拿我的靈魂作爲交換可以嗎？那也沒問題，我身上有兩個靈魂，交出宋暖暖的，我還保有我自己的。

6 追一本書

這學期最後一次段考，我看著考卷，一點都不想寫。

如果隨便寫，會怎麼樣？念頭一起，握筆的手立即執行大腦的指令，在答案欄上隨機寫下一三二四〇〇XX。如果我運氣好，說不定矇了個及格，運氣差，就拿個個位數，就這麼辦，看看天會不會塌下來？

我第一個交卷，走出教室，坐在司令台上，看著空寂的操場，幾隻麻雀在跑道邊的草地上跳著、啄著，草地裡有什麼好吃的呀？

沒有擔憂考卷會得到怎樣的分數，只是想著，可憐的宋暖暖一心懷抱作家大夢，唯一的手稿卻被拐騙走了。大宇宙書店的老闆使用的手法就是拐騙吧！宋暖暖傷心了四十七年，就算已經香消玉殞，那憂傷的靈魂依然殘留在人間繼續憂傷，這也許就是有時候我會忽然間感到憂傷的原因吧！

「這麼快交卷，是全都會寫還是全都不會？」趙亮芬在我身邊坐了下來。

「不告訴你，成績公布你就知道了。你應該就是全——都——會？」我看著這驕傲的傢伙問，她的成績向來不錯。

「我也不告訴你，到時候你就知道了。」趙亮芬看著遠方天空的雲朵說著。

算了，我們半斤八兩，看著對方好像在照鏡子，除非有人先示弱，另一個才可能跟著妥協。接下來長長的沉默，我們只是看著麻雀在草地上啄食。

「星期六下午一起去駁二特區走走，怎麼樣？我還沒去過，不想一個人去。」趙亮芬提出邀請。

「好啊，我也沒去過。」這還是我第一次跟同學一起從甲地到乙地。「去駁二看什麼呢？」

「看人、看船、看藝術家呀！」趙亮芬說。

星期六那天下午，我們從捷運巨蛋站上車，準備到美麗島站轉橘線到鹽埕埔站，再走路到駁二特區。因爲是假日，乘客很多，根本沒有座位，我們就站在走道。坐在我們面前的是一個戴眼鏡的男生，看起來也是七、八年級生，他正在讀一本書，非常專注地讀著。

到底什麼書這麼好看？

我趨前想看清楚標示在左上角的書名，但是字實在太小，根本看不到；我從口袋裡拿出一塊錢假裝掉在地上，蹲下身去撿時，抬頭準備看書名，卻見那男生似乎察覺我的意圖，竟把書放在大腿上繼續讀，他還偷瞄了我一眼。

美麗島站到了，趙亮芬往車門走準備下車，我把她拉住：「我們還沒到，等一下再下車。」

「我們要在美麗島站轉車啊！」趙亮芬皺著眉頭大聲地說。

「不要那麼大聲，我們先留在車上，等會兒告訴你原因。」我壓低聲音說。

「搞什麼呀？」趙亮芬不高興地碎唸著。

那男生還在讀。

「我要跟蹤那男生，看他從哪一站下車，我們就跟他下車，問他讀什麼書。」我小聲說。

「你簡直無聊透頂了，你管人家讀什麼書？」趙亮芬一副受不了的樣子：「去問他看什麼書不就得了？」

接著我和趙亮芬面面相覷：誰去問？

「是你想知道他在讀什麼書，當然是你去問。」

「我的策略是跟蹤，你的策略是直接問，所以你去問。」

趙亮芬斜眼看著我，遲疑了幾秒鐘，才說：「好，我這就去問。」我們從車門邊走到那男生面前。

「欸，」趙亮芬用鞋子碰了碰那男生的鞋子，男生抬起頭來時，她問：「我朋友想知道你在讀什麼書？」

那男生看看趙亮芬，再看看我，然後小心翼翼地遮掩著書的封面，把書收進背包裡。

「我爲什麼要告訴你們，我在讀什麼書？」

這男生看起來一點也不好相處。

「說一下書名會怎樣？」趙亮芬也很驚訝，這人連書名也不願意講。

「我就是不想講。」

草衙站到了，男生站起來準備下車。

我和趙亮芬很有默契地跟著下車，看來她也想知道那是一本怎樣的書，這麼不可告人。男生發現了，轉身看了我們一眼，接著他跑了起來，跑上樓梯，我們也追了上去，一直追出閘口。他通過閘口後，站在插畫家南君以遊樂園爲主題創作的巨幅畫作前，不跑了。

「你們跟蹤我，眞的只爲了想知道我讀什麼書？還是有其他目的？」他雙手抱胸，一副放馬過來的樣子。

「不然咧？」我說：「沒見過這麼小氣的人，說一下書名會少一塊肉嗎？」

「我讀什麼書是我的隱私，爲什麼要告訴你們？你到日本去，地鐵上每一個看書的人都把書包起來，就是不想讓人家看見他正在讀什麼書。你們竟然還追出來，眞是一點都不懂得尊重別人。」他說得義正辭嚴。

「那你就不應該露出那本書好看得不得了的表情，誘惑別人。」我說完這句話，趙亮芬轉頭看著我，露出驚訝的表情。如果要將那表情翻成中文，大概是這樣：嘖嘖嘖，世界上的食物那麼多，你竟然只吃蟲！

「你眞的很莫名其妙耶！他在閱讀的時候，當然可以露出任何表情啊，你這樣是妨害人家自由耶！」趙亮芬竟然幫他說話。

「你不肯透露書名，我猜你看的大概是A書。」我補了一句。

「就算我看的是A書，也不關你的事。」

「麥子紅，你眞是愈說愈誇張。」趙亮芬瞪著我說。

「你到底是哪一國的？」我叫了起來。

「我不是哪一國的，我們只想知道書名不是嗎？如果他堅持不告訴你，你就要用搶的嗎？」

我正打算這麼做。我沒有搶走任何東西，只是看一眼書名。

「總算有一個人可以說理。」他從背包裡把書拿出來，指著趙亮芬說：「我只給她看。」

小氣鬼男生背對著我，將書的封面讓趙亮芬看了一眼後，又快速地收起來。

「原來是這本書，我看過耶！」趙亮芬和那男生立刻熟到像老朋友似的。

這兩個人就這樣背對著我交談起來，那詭異的樣子，彷彿他們討論的不是一本書或是其他東西，而是在密謀如何把我扔進愛河。

我應該轉身就走，換成別人肯定是這樣。但是，如果不打一聲招呼就走，顯得我很小家子氣，和小氣鬼男生沒有兩樣。所以，我用非凡的耐性撐住，站在那兒看著、等著。他們終於講完了。

「走吧！」趙亮芬拿起一卡通，準備通過閘口去搭捷運。

「欸，我可以留你的 line 嗎？」小氣鬼男生對著趙亮芬問。

「我沒有 line。」趙亮芬說。

「那麼留電話可以嗎？」小氣鬼男生不死心，看來他愛上趙亮芬了。

「你要我的電話幹嘛！」趙亮芬這傢伙根本就明知故問，當然是想要跟你約會呀，笨蛋！

「我想也許我們可以討論書或是別的什麼。」小氣鬼男生眼巴巴地看著趙亮芬說。

趙亮芬猶豫著不知該給還是不給，她把詢問的眼神拋給我。我不答腔，站在旁邊看戲。

「不好意思，不方便給你電話喲。再見。」趙亮芬拉著我通過閘口，走下月台。

我對於她為什麼不給小氣鬼男生電話不感興趣，開口就問：「他到底在讀什麼書？」

「《夏先生的故事》。作者是德國作家徐四金。夏先生是一個一年四季除了睡覺吃飯之外，每天都走個不停的人。」

「他為什麼要這樣走？」

「他生病了，必須這樣走，如果停下來他會被恐懼淹沒。」

「又不是什麼見不得人的書，幹嘛這樣神秘兮兮。」我說。

「他其實說對了，閱讀是一種隱私。不管他讀什麼書，他都有不告訴你的自由。」

「你是在放馬後砲嗎？剛剛你不也是興沖沖地爲了一本書的名字追了出去？」

「我是受了你的影響耶！」

「哇！那你爲什麼不在捷運上就把我拉住，制止我？」

「你以爲我拉得動你嗎？」

「你沒有制止我，就表示你也同意去追問書名啊！」

「我只是想知道書名，而且我扮了白臉才問到書名耶！」

「是喔，全是你的功勞啦！」

「就是。不然你就要去搶人家的包包，現在你可能已經在警察局了。」

「沒有發生的事不要拿出來說。事情永遠有變化。」

我們在捷運上吵了起來。駁二特區也不用去了。

巨蛋站到了，我們下車，連招呼都懶得打，我朝一號出口走去，她走三號出口。

爲了追一本書的書名，我可能連唯一的朋友都追丟了。

眞是得不償失。

7 天上掉下來的線索

老阿帕已經是我的朋友了，我不需要稱呼他爺爺，我都叫他老阿帕。他聽了也挺開心的，他說他一點也不喜歡老是被叫爺爺。

一個十五歲的女生怎麼能和這麼老的人當朋友？就是可以，我和他就是特別有話聊。因爲我的身體裡有一個老靈魂。

「暑假要不要到書店來打工？這樣我就可以出去收書。」

「出去收書，把鐵門拉下來不就好了？你的書店看起來就快要倒了，還收什麼書？我在這裡待了兩個小時了，沒半個人走進來。」

「看書的人的確少了，現在的年輕人都上網看臉書上那些短短的心情、遊記啦，不然就是食物多好吃啦，人類集體弱智中。」老阿帕說。

「你有一間書店耶，這是你的店，你想怎樣都可以。不能店開著就等人家來，人家不來，就哀怨地認爲時代變了。」

「那暑假就請你當店員，幫我的書店起死回生。」老阿帕揮了一下他的大手，慷慨地說著：「店裡的書，只要你喜歡的都可以帶走，我的書店就是你的書店。」

「告訴你一個秘密，我從來不去圖書館借書，也不買二手書。」我小聲地說：「因爲，很多人喜歡帶著書去上廁所，還有人翻書的時候喜歡沾一下口水，嗯，我對那些書有太多的想像。」

老阿帕又用彷彿看見宋暖暖的眼神看著我：「我也跟你說一個秘密，宋暖暖也是這樣，她喜歡買新書，從來不願意把書借給別人。」

「你想去看看宋暖暖以前住的地方嗎？」老阿帕突然切換話題，他對如何把書賣出去不感興趣：「走，我們去看看，就在後面，走路五分鐘就到。」

「你故意住在這裡，距離宋暖暖家近些？」我故意叫了起來。

「六十幾年來我都住在這兒，房子當然翻修過。這附近以前有很多鐵工廠，我父親是個鐵匠，那邊有幾棟房子就是我們家鐵工廠拆掉以後蓋起來的。後來我父親在這裡開了一間五金行。父親過世後，我結束五金行生意，改開書店。」

「爲了尋找《非正常日記》？」

「也不全然是。賣書，賣便宜的書，是件好事情。」

老阿帕不缺錢，才能開一間沒有客人上門也無所謂的書店。

我和老阿帕走過三條街，彎進一條巷子。「這裡以前都是稻田呢，然後這些田地，就在不知不覺間一塊一塊地消失，長出一棟又一棟的房子。」

我們停在一棟外觀看起來極爲普通的兩層樓房前，屋前有一個小院子，幾個保麗龍盒子塡了些土，種著一些蔥和空心菜。角落種了棵直挺挺的檳榔樹。

「以前是矮磚房，二十年前改建成現在這樣子。」老阿帕說。

誰住在這裡？我正想問，有個老婦人從屋裡走出來。一股強烈的熟悉感襲來，她是……

「她是宋暖暖的妹妹宋慈。另一個妹妹叫宋銀，幾年前過世了。」

宋慈的頭髮已經一片銀白，穿著深紫色的短袖襯衫，套著一件咖啡色的薄背心，寬鬆的淡咖啡色棉褲，整個人看起來很有精神。她看見老阿帕，立即展露笑顏。

「怎麼有空過來呀？」

「老閒人一個，每天都有空哪！」

「這個小姑娘是誰呀？」

「老朋友的小孩，我跟她說過宋暖暖的故事，她想寫成小說，我想應該過來問問你，同不同意讓她寫成小說，畢竟這是你姊姊的故事。」

眞會鬼扯！我什麼時候說過要寫小說啦？

「沒問題呀！都過了半世紀了。」宋慈拉著我的手走進屋裡：「進來坐吧！我姊姊像你這麼大的時候，就想當作家了。」

一股很古老的氣味撲鼻而來，就是那種雜物又多又老舊又不通風的空間匯聚而成的氣味，得要多吸幾口之後才會習慣。客廳擺著三張藤椅，一個擺滿了舊書的書櫃，書櫃旁堆放著一箱箱的雜物，箱子因爲潮濕而傾斜了。牆上掛著兩個畫框，一個畫框貼著彩色照片，有結婚照、孩子的照片、全家福的照片。另一個畫框貼滿了黑白照片，其中一張三姊妹的合照，我一眼就看出來最右邊那個短髮女孩就是宋暖暖。

宋慈進廚房爲我們沖了一壺紅茶。

「那是我們的爸爸媽媽，還有我和兩個姊姊。」宋慈感慨地說：「唉，只剩下我了。」宋慈指著三姊妹那張照片裡最右邊的女孩說：「這就是我大姊宋暖暖，她本來可以當作家的，花了兩年時間寫了一本書，我都沒來得及讀呢，交出去的稿子就被弄丟了。我說沒關係，你重寫嘛，也許重寫更好。我姊姊說她已經沒有力氣重寫了。那一陣子好消沉，恍恍惚惚的，有一天走在馬路上突然就給車撞上了。」宋慈憂傷地說著。

我和老阿帕實在也不知道該說什麼。這麼久的事情，聽起來彷彿發生在昨日。

「我知道暖暖有寫日記的習慣，你有沒有留下她的日記或筆記本什麼的，也許裡面有一些線索可以讓小紅參考。」老阿帕說。

宋慈沒有回答，只是皺著眉頭，彷彿正在凌亂的記憶堆裡翻找。

「你有留著嗎?可以借我看一看嗎?」我焦急地問著。

「姊姊過世後,那本叫什麼呢?嗯,我得想想,老了,忘得差不多啦!」宋慈抓著額頭努力想著:「嗯,好像是,對對,我想起來了,就叫《暖暖生活筆記》,它一直擺在姊姊房間的書桌上。我們努力讓房間維持原樣,假裝她還會回來,那是我們想念她的方式。但是啊,她過世才三個星期,家裡就被闖空門了。那天我們全家到醫院去看姑媽,回來後發現家裡被翻得亂七八糟,那本筆記就在那時候被偷走了。」

「損失很大嗎?」我問。

「大呀!家裡的現金和金飾都被偷了呀!就連人家的筆記也偷,我們也覺得奇怪,這小偷偷人家的筆記做什麼呢?」宋慈忿忿地說。

「你記得那本筆記裡的內容嗎?」我又問。

「很厚一本哪!像小說一樣,我只記得裡面提到她把手稿交給書店老闆的過程,其他的我也想不起來了。」宋慈瞇縫著眼,努力地想在記憶裡翻出一些什麼。

「宋暖暖這張照片可以送我嗎?」我指著宋暖暖的個人黑白大頭照問。

宋慈遲疑了一下,看看照片再看看我,點點頭說:「多一個人記憶暖暖,也許是一件好事。」宋慈取下畫框,阿帕趕緊接手,翻到畫框背後,將旋轉鈕一個個扭開,取下瓦楞紙板,小心地撕下照片交給我。

「眞奇怪，我看著你呀，就有一種很熟悉的親切感，我明明第一次見到你，卻覺得好像認識很久了。呵呵，我從來都沒有過這種感覺呢！」宋慈看著我，不好意思地傻笑起來。

我也只是傻笑著，雖然我也有相同的感覺。

「可能是因爲，你知道她想寫宋暖暖的故事吧！」老阿帕趕忙接話。

宋慈還聊了一下她的獨生子，以及兩個孫子，他們假日才會回來。

我和老阿帕喝完紅茶就告辭離開了。

「老天爺一定很嫉妒宋暖暖，才會讓她經歷那麼多倒楣的事，連這麼私密的筆記都會被偷走。」我感慨地說。

前方一張報紙被風颳得一會兒飄上天空，一會兒又在地上翻滾，從馬路那頭一路翻捲著來到我們面前，好巧不巧「啪」的一聲，整張報紙貼在老阿帕的臉上。

喔！天啊！還好是貼在老阿帕的臉上，如果黏在我臉上，我勢必要洗一整個晚上的臉。在地上滾過的報紙，肯定沾了貓屎雞屎狗屎之類的髒東西。

老阿帕一把抓了下來，厭惡地看了一眼手上的報紙，發現是少見的中學生報。他有點感興趣了，攤開報紙邊走邊讀了起來。

「中學生也有專屬的報紙啊！眞是幸福。」老阿帕說。

「地上撿的髒死了，不要讀了。你有興趣，我拿我們班上訂的舊報紙給你讀讀。」

老阿帕突然停下腳步，指著其中一篇文章說：「嘿，你看，你們學校學生寫的，寫的還是作家魚小章耶！」

我探頭過去看了一下：「是七年級的侯至軒，原來魚小章是他的阿姨喔！」

「我就說嘛，報紙不會莫名其妙打在我臉上的，這也許是老天爺給我們的提示。」老阿帕笑著說：「你去認識一下這個侯至軒。」

世界上就有這麼巧的事！我們去了宋暖暖妹妹的家，路上就撿到一張報紙，正好看見七年級有個男生叫侯至軒，他寫了一篇文章刊登在中學生報上，內容就是他和阿姨的相處，以及作家阿姨如何在生活中教他們發現寫作題材。這張報紙滾在馬路上，最後直接飛撲到阿帕臉上，這事也太巧了吧！巧到讓人起雞皮疙瘩！

8

我留級了

段考成績公布了，我沒有一科成績超過二十分，還有個位數。看著成績單，這才發現事態嚴重，我自以爲好玩的一個實驗，這下要讓爸媽氣炸了。

我到底該怎麼跟爸媽解釋這些數字啊？

我眞的只是想測試一下，如果這樣做會怎樣而已！（這話太誠實，沒人相信。）

這次考試眞的很難，全班沒有人的總分超過三十分。（媽媽如果打電話給老師，立刻穿幫。）

考試的時候，我突然頭很暈，好像有人抓著我的手去塡寫考卷，我收不回我的手的掌控權。（鬼才會相信。）

怎麼說都不對，眞是自作自受。

最好的方法就是不讓爸媽看見成績單。

看著慘不忍睹的成績單，我的腦袋突然彈出一個點子，也許不是最好的，但絕對是好玩的點子。

我仿造老媽的簽名，把成績單交回去。接著我和導師黃老師討論，我自願留級。她很震驚，覺得我一次的失誤並不需要留級。

「我想留級對我比較好。」就連黃老師也無法動搖我的決定。

留級畢竟是件大事，我和黃老師一起走進校長室。

「我想我最好還是留在八年級。八年級都還沒讀懂，就升上九年級，九年級的課業讓我有壓力。」我努力展現我堅定的決心。

「你剛開始表現得還不錯呀，怎麼會突然變成這樣？」校長翻著我的成績單，驚訝地說。

「我一直都是這樣的，我想跟校長自首，我之前……之前的考試，都……作弊。」我說謊了。

鍾校長看著黃老師，等著她說明這個學生到底怎麼回事？

「她最近感覺比較煩躁，期末成績很糟，但是她的素質挺好的，我們聊了很久，她還是執意要留級。」黃老師無奈地說著。

「要不要這個暑假讓老師給你加強輔導？」校長提議。

「兩個月我可能無法吸收這麼多，我想我還是留在八年級比較好。」

鍾校長看著我，聳了聳肩膀，沉思著。

鍾校長有聳肩膀的習慣，時不時就聳一下肩膀，好像有人褲頭太鬆，不時地要拉一下，不拉其實也不會掉下去，那是下意識的動作。我曾經偷偷觀察，校長身邊沒有人的時候，他也會聳肩膀。這個習慣讓他的肩膀比別人高一些，讓脖子看起來很短，也許是有一次他聳起肩膀做了一個無所謂的動作之後，從此就忘了放下來。我們都叫他無所謂校長。其實很有所謂的，如果我們和校長交談太久，肩膀就會覺得很痠，好像我們也跟著將肩膀聳起來一樣；就好像我們看見別人吃梅子，我們會感覺到酸，然後分泌很多口水一樣。

鍾校長又聳了一下肩膀，才緩緩地說：「學校這麼多年來，從來沒有讓任何一個學生留級，我們學校沒有留級的制度……」

「是我自己申請的，請讓我留級。我想好好學習二年級的學科，如果我能讀懂那些科目，你再讓我跳級回到九年級。」

「一定有比留級更好的方式。」鍾校長說：「你是不是跟班上同學有什麼不愉快，我們可以安排轉班？」

「沒有，我沒有和同學不愉快。」說完，我看著黃老師。

「我也沒聽說有什麼霸凌事件。」黃老師趕緊補充，又看著我問：「你跟父母親討論過了嗎？」

「我跟爺爺討論過了，我爺爺也覺得這樣很好。我跟爺爺比較能溝通，他比較了解我。

要請我爺爺來學校跟你們談一談嗎？」

「你這種學習的精神眞的讓我刮目相看，但是，留級，你承受得起……嗯，那個……別人的眼光和可能的嘲諷嗎？」鍾校長問。

「我會把它當成一種磨練和挑戰。這是我的個人意願，我相信這一年會讓我有很大的改變。」

「如果你堅持這麼做，那麼，就請你的爸爸或媽媽到學校來一趟。」鍾校長說。

這下糟了！沒想到這種事是要通知家長的。

要爸媽同意我留級，比登天還難。

我的腦子在慌亂當中快速地轉呀轉呀……一定要想個方法出來才行啊！

終於，我想到一個可行的辦法：「可以用電話聯絡嗎？我媽出國了，我爸爸要晚上八點才會有空，你們有我爸的電話，可以在明天晚上打給他嗎？我其實已經跟我爸媽溝通過了，他們覺得如果留級可以改善我的狀況，提高我的自信，他們覺得可以試一下。」

鍾校長和黃老師用眼神無聲地討論了一下。

「那好吧！明天晚上八點，我給你父親打電話。」黃老師的表情看起來很無奈。

離開校長室後，我立刻給老阿帕打電話，希望他在放學的時間到學校一趟，有重要的事商議。

「你這不是陷我於不義嗎？」老阿帕拚命地搖頭揮手：「不行，不行，我不做這種事。紙包不住火，你爸媽遲早會發現的。這麼爛的成績，你到底是怎麼考的呀？」

「矇著眼寫的。」我說。

「你有什麼毛病啊！留級，這兩個字已經在世界上銷聲匿跡了，這個時代沒有人留級的。」老阿帕誇張地說：「你不用跟侯至軒同一班也可以接近他呀！留級真的很不智。」

「我可以留級也可以跳級，你信不信？」我說：「我會在爸媽發現前跳級回到原來的班級。留級才能和候至軒同一個班級，才有機會接近他阿姨，拿到那本筆記。」

「你不用留級，我馬上打電話給那個作家，用《非正常日記》跟她換那本筆記。事情就這麼簡單，不用留級。」

「我想留級，真的，讓我經歷一次留級，我的人生也許會很不一樣。」我覺得我的目的已經不只是接近侯至軒拿到宋暖暖的筆記，而是留級這件事帶來的強烈刺激感。

老阿帕看著我，那種跌進回憶裡的眼神又出現了：「說真的，你說話的語氣和做事的風格和宋暖暖還真像，像得不得了。她一旦決定的事，也沒有任何人可以動搖。」

當我想這麼做時，的確沒有人可以動搖我。我覺得是宋暖暖希望我這麼做的，之前她已經讓我埋下這次行動的伏筆，就是期末的段考總分不超過三十分，當時並不曉得會和留級這件事扯上關係。

「你不幫我，我會找別人幫我，但是別人很危險的，是你逼我去冒險。」我有點耍卑鄙地說著。

「你這個人眞是莫名其妙！」老阿帕有點生氣，但又莫可奈何：「我有預感，我的餘生會毀在這件事上。」

「沒那麼嚴重啦！我會盡快回到九年級的，眞的。」

我告訴老阿帕，明天我會請我爸在家待到八點半再出門，我再借走爸媽的手機，老阿帕得在七點五十分到公園等我，最後，他必須要求黃老師將我和侯至軒弄到同一班。

計畫出奇地順利。隔天我要求爸媽借我手機，我必須去拍街景做功課，兩台手機比較保險。我順利地把手機帶到公園交給老阿帕。黃老師準時在八點打了爸爸的手機。老阿帕把爸爸的角色扮演得很好，說什麼孩子自發性地學習，値得支持，這也是一種教育實驗。老阿帕還告訴黃老師，希望能把我和侯至軒編在同一班，因爲我和侯至軒是親戚，他可以在課業上做一些協助。

「這孩子因爲不聰明而留級，雖然是自願的，但是別人並不知道，這樣的孩子在班上不被欺負已經是阿彌陀佛了，更別說是幫助她適應了。如果可以和侯至軒同一班，侯至軒一定會幫忙看著麥子紅，這樣她才不會給學校和老師帶來麻煩。」

「有必要把我說成像一個笨蛋嗎？」我不滿地說。

「你留級耶！」老阿帕用誇張的表情說著。

「你不要以爲每個留級的人都是笨蛋，十個留級的人裡，有八個都是天才，因爲他們的天賦不在教科書上。他們只是背不起一些東西，或者不會算數學而已。」

「那你的天賦在哪裡？故意留級的人不會被歸類在天才之列。」阿帕這個老頭子，都已經那麼老了，講話還挺刻薄的。

「我的天賦……」我停頓了好幾秒鐘，我的天賦是寫作嗎？好像也不是，我對作文特別得心應手，也許是宋暖暖的關係。

「我的天賦還沒顯影。」這是我的結論。

事情圓滿完成，我鬆了一口氣。最後一件事，就是把這通電話紀錄刪除，再拍一些街景照片應付一下，免得穿幫。

就這樣，我順利地被編進八年七班。

我告訴爸媽，暑假在二手書店打工，幫忙看店和寫推薦文，還可以帶著子豐，子豐可以順便閱讀。爸媽專程來到老阿帕的二手書屋，看了一下環境，和老阿帕進行一番對談，這才放下心來。

整個暑假，我一共讀了五十一本書，我把看過的還算喜歡的書，寫了三百字的推薦文，貼在海報上，再將大海報貼在書店的玻璃窗上。有時候推薦文多到玻璃窗都不夠貼，老阿帕還搬出一個舊畫架，在上頭架了一塊木板，讓我多貼幾篇推薦文。

子豐每天跟著我到書店，他有時候看書，有時候就借老阿帕的電腦玩遊戲。暑假結束，老阿帕付給我兩萬塊薪水，我說太多了，他就硬是要塞給我這麼多。我收下了，因爲老阿帕很老派，老是喜歡推來推去，他就是那種和朋友一起吃飯爲了搶著付帳，會在櫃檯大打出手的老派的人。我不喜歡那樣，你說要請客，就給你請，如果我說要請，你還是要搶著付帳，那我絕對不會去搶。

推薦文策略奏效了，整個暑假書店賣出六百本書。

「你看，好過安靜地坐在櫃檯等人進來買書，我們要主動出擊才行。」

老阿帕看著我，只是笑著。

「開學以後，你千萬要忍住你的聰明，一個留級生鋒芒太露，會被霸凌的。」老阿帕提醒我。

這話讓我愉快的心情瞬間降溫，我該跟爸媽開誠布公了呀！

希望有一天他們能夠明白我紛亂又躁動的心。

本來想利用吃晚飯的時候，告訴媽媽留級的事。

沒想到爸爸還沒有出門。爸爸開計程車平常都開夜班，我們上學時，爸爸剛剛回來或者睡覺了；我們放學回來，爸爸便出門開車。有時候好幾天才見到面。

媽媽今天特地燉了香菇雞湯給爸爸補一下。

「你爸爸以後都要開日班了。」媽媽說：「開夜班身體總會吃不消。白天開車比較好。」

我點點頭，做了一個深呼吸，準備說了：「我要說……」

「你爸爸昨天差一點被一個流氓打死！」媽媽說。

啊！我和弟弟同時嚇了一跳，腦子裡立即浮現爸爸被歹徒綁架到山區搶劫狂毆的畫面。

原來昨天接近凌晨的時候，爸爸經過酒店門口，一對男女攔了他的車，他猶豫了一下，凌晨加上酒店門口，載到賴帳酒鬼的機率很大。爸爸基於計程車是服務事業，還是停車載客。男的明顯喝醉了，在車上一直調戲女生。二十分鐘後，男人要爸爸在一家賓館前停車，那個男的一直推女的下車，女的不肯，兩個人在車上拉拉扯扯。男人因為女人不願意跟他下車，已經很火大了，這個時候，白目的老爸居然還不耐煩地開口催促：「你們現在是要怎樣？是要下車還是要去哪裡，趕快決定啊！」

那個男的突然從包包裡拿出一把槍，在爸爸眼前晃來晃去：「我什麼時候要去哪裡，可不可以讓這枝兄弟決定？」爸爸嚇死了，他知道千萬不要和這種人對嗆，趕忙說：「既然你有這枝，你決定什麼時候開車就什麼時候開車，你說去哪裡我就去哪裡。」

車上那個女的看見在眼前晃來晃去的黑槍，嚇得打開車門就衝出去，爸爸見苗頭不對，也跳下車子往對面闇黑的巷子裡衝。接著他聽見背後傳來扣扳機的聲音，慶幸的是那把兩光的改造手槍卡彈了，那流氓忿忿地踢了幾下老爸的計程車後，往前跑走了。爸爸在巷子裡躲了好一陣子才探頭察看，見流氓應該已經走遠了，這才衝出來跳上車子，火速離開現場。

我們聽得目瞪口呆，媽媽紅著眼眶說，明天要帶老爸去一個很厲害的符咒師那裡收驚。

「那個流氓的槍口應該是對著那個女的吧？又不是老爸不肯跟他下車進賓館。」呆瓜弟弟很白目地分析著。

「他事後踢計程車的行爲看起來就是遷怒老爸，槍口絕對是對著老爸沒錯。」我說。

我把留級的事嚥了回去，剛剛躲過流氓的槍口，又遇上女兒留級，叫老爸情何以堪！

如果我每天照常去上課，爸媽應該不知道我到底是走進九年九班還是八年七班的教室吧！等我拿到《暖暖生活筆記》，我就申請跳級。

老爸開計程車常常撿到東西，皮夾、手機、帽子、外套、包包、嬰兒。沒錯，嬰兒，這是老爸撿過最奇怪的東西。更小的時候，我曾經懷疑自己是某個乘客故意丟在計程車上的棄嬰，讓好心的司機把我帶回家並且收養了我。但是，當我愈長愈大，愈來愈像爸爸，我才絕望地相信，我眞的是爸爸的女兒。絕望？沒錯，有時候我覺得自己應該要有一個坎坷的身世，全世界的人才會同情我。

結果，我沒有坎坷的身世，命運卻給我更詭異的身世，兩個人擠在一個身體裡。說眞的，那樣眞的太擠了。

怪獸說：「留級這件事是你自己做的決定，和我無關，不要賴到我身上。」

「我做這件事是為了誰？是為了你這隻怪獸啊！搞不清楚。」我也生氣了。

「剛開始是，後來是為了你自己想要調皮搗蛋。」

「我為什麼會調皮搗蛋？還不都是因為你，讓我胸口常常堵著一口悶氣。」

「你到現在還搞不清楚，這不是我選擇你或你選擇我的問題，這是我們的命運。每個人都有自己要面對的難題，你的難題就是我，但我只是你一小部分的難題，你的大部分人生，我是無法干預的，就像留級這件事。」

怪獸也那麼愛說大道裡。

「不要再跟我說留級這件事，當我想要留級，就沒有人可以把我拉上九年級。」我又發了一頓脾氣。

9

玩笑開過頭了

要面對陌生的二十幾個同學，我其實是忐忑不安的。在他們眼中我應該就是個笨蛋，新的班級如果有幾個厲害的角色，這個學期我就會非常地忙碌。

我的策略就是，一開始就要讓他們知道我的厲害，讓他們沒有機會出手。當我看見坐在猴子左邊座位的那個女生，遞給猴子一張紙條，上面寫著班上接收了創校以來第一個留級生，眞是幸運之類的字眼，我生氣了。我最討厭有人在背後傳紙條說別人壞話這種不光明的作爲，我要讓他們知道，不要惹我！

趁著猴子去上廁所，我趴在桌上，單手解開老阿帕給我送來的便當布包，我把便當放在大腿上，打開，把豆腐吃了，接著把橡皮擦給丟進去，動作快速流暢。捉弄猴子，稍稍解除了我的焦慮，因爲我成功地轉移了焦點。這麼做雖然有點兒卑鄙，誰叫他這麼剛好接過老阿帕手上的便當，簡直就是老天爺的巧安排。

小小的測試，立刻就知道猴子這個傻蛋，個性單純善良，吃了大悶虧，連一句重話都不會說出口，而且只要你示弱，他就立刻原諒你。

放學的時候，趙亮芬來到八年七班教室門口等我。

「你的成績怎麼可能差到留級？」趙亮芬一臉驚訝地說。

「不然咧？我怎麼會在這裡？」我指著頭頂上八年七班的木牌說。

「我和你一起去找老師，我陪你一起重考。」趙亮芬拉起我的手，就要往前走。

「不用了，我覺得留級挺好的。以後可以當勵志故事說給別人聽。」

「那你最好當上行政院長，你的勵志故事才有價值。」趙亮芬說完轉身離開，她很生氣我不爲自己爭取權利。

看著她離去的背影，還挺感動的，這驕傲的傢伙居然要陪我一起重考。

留級，其實還不賴，我可以悠哉地度過這一學期，這些功課完全難不倒我，簡單得要命。但是，我還是努力維持著一個留級生應有的水準。

接下來的一個月，我和猴子相處得還不錯，靠近他才可以靠近他的阿姨魚小章，一個作家，一個手上握有關鍵筆記的人。

爲什麼我還不去找魚小章，直接提出請求：「聽猴子說，你有一本很神秘的筆記本，可以借來看一下嗎？」或者挑明了講：「我的前世是那本筆記的主人，請把筆記還給我。」

這很怪不是嗎？人家會以爲你根本就是個神經病。但是，也許魚小章就願意把筆記借給我看一看呢？沒有試一試怎麼知道，失敗了再想別的辦法呀！話又說回來，如果猴子不告訴我，誰知道魚小章住在哪兒？

有時候我們就是會採取自己認爲最穩當的方法，至於是不是最笨的，總是要到最後才會知道。

猴子，一個典型的膽小的守規矩的書呆子，只要見到他，就會忍不住想要捉弄他。我知道我有點兒失控了，和猴子走進浩瀚書店眞的只是想看看書，但是，當我看見書店老闆何存德就站在櫃檯前和店長交談，他那一臉輕鬆愉快的表情，讓我看了很火大。他的父親把一個前途一片光明的才女給害死了，他居然還可以笑得這麼開心！一股莫名其妙的怒氣瞬間湧向腦門，我把嘴裡嚼著的黏呼呼的粉紅色口香糖吐在新書上，再把書闔上，然後把書遞給猴子，往旁邊跨了兩步，假裝發現猴子幹了什麼好事般地摀嘴，故作震驚狀。

「你神經病啊，幹嘛這樣做？」猴子壓低聲音說。他又氣又緊張地想拔除口香糖，但是兩張書頁已經黏在一起了。猴子脹紅著臉往口袋裡掏錢，想買下這本書，但是他身上只有五十塊，雖然我有三百塊，我就是不想讓這家書店賺到我半毛錢。猴子無法買下這本書，只好闔上書本放回書架上。

沒想到他們眞的告到學校去了，從錄影畫面的角度看起來，就像是猴子把口香糖黏在新書上。我悶不吭聲，很卑鄙地讓猴子背了黑鍋。

我以爲猴子會像以前那樣很快地就原諒我，沒想到他眞的生氣了，一整個星期不跟我說話。

這下糟了，他不跟我說話，我要怎麼拿到筆記呢？

怪獸說：「你這不是咎由自取嗎？老阿帕要直接用書換筆記，你偏偏就要兜這麼一大圈。」

「我就是偏偏要任性地兜這麼一大圈，怎麼樣？」我忿忿地說著：「你穿越到這個時代之前，就這麼會說風涼話嗎？」

「這風涼話是愛之深。」

「是喔，真的愛之深，就拿出一個有用的辦法來，而不是說風涼話。」

「你要不就登門跟猴子道歉，誠誠懇懇地說出一切；要不就拿《非正常日記》這本書去跟魚小章交換，她對這本書很感興趣。」

「嗯，總算說了一些有用的話。先道歉，再說出一切。看情況，也許可以這樣，先登門道歉，然後趁機……」

「你最好不要那樣做。」

「你又知道我要做什麼了？你是我肚子裡的蛔蟲嗎？」

「我就是你肚子裡的蛔蟲。」

「我要你記住，我這麼做，很大一部分是為了你，我其實是你的奴隸。」

「你不是我的奴隸，我們是生命共同體。」怪獸說。

10 史坦貝克

星期六這天，我才剛剛起床走到廚房找吃的，媽媽從市場買菜回來，在餐桌上進行分類包裝。

她看見我，一臉興奮地說著：「剛剛在市場遇見黃老師，她對著我揮手，一副有話要說的樣子……」

我的心臟差點兒從喉嚨彈出來！

天啊！我必須趕緊拿到筆記，然後趕緊回到九年級，然後假裝什麼事都沒發生。

「她跟你說了什麼？」我努力壓抑內心的激動。

「她走到我面前正要開口，就被賣豆腐的給拉去說話了，他們好像有什麼事要說，黃老師就對我說下次再聊。」媽媽看著我問：「你在學校沒闖什麼禍吧？」

我鬆了一大口氣：「學校哪會有什麼事，那麼無聊的地方。」

「等一下我要去你秀麗阿姨家，有幾個同學從台中過來，中午你和弟弟在家吃水餃。」

「你把子豐帶去嘛！」我才不想到哪兒都帶著子豐。

子豐從房間探出頭來說：「我才不要去秀麗阿姨家，無聊死了。」

「你什麼時候回來？」我問媽媽。

「晚餐前回來。你可不要帶著弟弟在外面跑來跑去。」媽媽提出警告。

媽媽把買回來的東西都塞進冰箱後，便走進房間換裝。

媽媽一出門，我立刻拉著子豐，叫他到房間換衣服：「我帶你去一個地方。」

「我今天想待在家裡。」

「我不能讓你一個人待在家裡。」

「我就是不想出門嘛！」

「你說，你要怎樣才肯出門？」

「中午我要吃炸雞。」

「成交。」這麼簡單，炸雞就打發了。

我帶著子豐走了半個鐘頭，這才走到猴子家。和猴子和解是目前最重要的事，如果他還是不肯跟我說話，我只好將背包裡的《非正常日記》拿出來，和魚小章交換筆記。總之，我得趕緊解決這件事，然後想辦法回到九年級，否則就要露餡了。

按了電鈴，開門的是猴子。他站在鐵門後面驚訝地看著我，只是看著。一般人都會開口問：「你來做什麼？」但是猴子不問。

「我不是來找你的，我想拜訪魚小章，可以幫我引見一下嗎？」

猴子遲疑著，他可以不理我，但是他不能替魚小章拒絕我。

「我阿姨跟我媽去市場買菜了。」猴子冷冷地說。

「那我可以坐在樓梯這裡等嗎？」我可憐兮兮地問。

猴子看看子豐，再看看我，還是開門讓我們進去：「進來等吧！」

猴子端來兩杯水，臉上的表情柔和了許多。

「姊姊，我們什麼時候回家？」子豐露出一副無聊的表情。

「等一下。」

「你要不要去我的房間，我有一些適合小朋友玩的遊戲。」猴子對子豐超級友善。有遊戲玩的子豐立即被收買，跟著猴子進了房間。

幾分鐘後，猴子才回到客廳。

「你找我阿姨有什麼事？」

「問她一些寫作上的事。」

「找我阿姨只是藉口吧！你想過來看我是不是還在生氣。」

「那你是不是還在生氣？」

「沒那麼氣了，不是因爲你的關係，是因爲我在這件事上學到很多東西。我在浩瀚書店看了幾本很棒的書，我覺得浩瀚書店是一間很有格調的書店……」

「你有沒有搞錯？浩瀚書店很有格調？」我大叫起來：「它的格調早在四十幾年前就掉進臭水溝裡了！」

「你爲什麼這麼說？你跟浩瀚書店有什麼深仇大恨？」

「總之，浩瀚書店沒有你想的那麼好啦！」

「總之，我看見的浩瀚書店是很好的啦！」

「我去看一下我弟，玩到沒半點聲音。」我必須緩和一下情緒，要不然我們一定會大吵一架，就可惜了這次的友善會面。

在家裡沒遊戲機可以玩的子豐，玩得很投入，完全沒發現我站在他背後。我環視猴子的房間，乾淨清爽，每件東西都收拾得整整齊齊，書桌上擺著寫到一半的作業，桌子右側擺著幾本書，最上面那本是一本筆記，封面是手寫的幾個大字：

暖暖生活筆記

我的心跳瞬間加速到一百二十！

《暖暖生活筆記》，天啊，這不是老天爺的巧安排嗎？我倒退幾步來到門邊，探頭察看猴子的位置，他還坐在客廳沙發上。我的心跳快到幾乎讓我來不及呼吸，我假裝彎腰看著子豐玩遊戲，右手抽起筆記，站直身體後迅速地塞進前胸襯衫和T恤中間的位置，再把衣服紮進褲子裡。

我有點兒暈眩，坐在猴子的床沿調整呼吸。

「你怎麼了？」猴子站在門邊看著我問。

「沒事，心跳跳得太快了，休息一下就好了。」

「我爸爸也是心律不整，一天停止跳動兩千下，醫生也說沒事。」

「我想我們還是回家好了。」我拍拍子豐的肩膀，示意他起身回家。

客廳傳來開門聲和交談聲。

「她們回來了。你還有力氣見我阿姨嗎？」猴子看看客廳，再看看我。

雖然我很想拉起子豐、背起背包，立即衝出猴子家，再以百米的速度跑回家，然後翻閱這本筆記。但是，我不能那樣做，那樣太沒禮貌了。

我拉著子豐，跟著猴子回到客廳，跟大人們打招呼、寒暄。

「你就是壞學姊麥子紅？」猴子的妹妹瞪著一雙興奮的大眼睛問我。其實那不是詢問，而是想更確定。

「你知道我？」猴子妹妹還沒回答，我便轉頭用嚴厲的目光看著猴子。

「我哥哥說過，你是創校以來……」猴子妹妹話說到一半，嘴巴就被猴子給摀住。「阿姨，麥子紅有事要請教你，她等你好久了。」

「這樣啊，那，我們到樓上聊。」魚小章對我招了招手。

我下意識地摸了一下肚子，確定筆記還在，能怎麼辦呢？只好硬著頭皮跟著魚小章上樓。子豐又回到猴子的房間玩電腦遊戲。

魚小章的家沒有多餘的家具，寬闊的客廳，大門的斜對角就是她的書桌，桌上擺著兩部電腦。客廳的三面牆都擺著書櫃，書櫃上塞滿了書。魚小章長得就是一副作家的樣子，短髮，戴著眼鏡，穿著看起來很舒適的棉質襯衫。

我和魚小章聊了很多，但是，我認爲那天和魚小章聊天的人並不是我，而是宋暖暖。

「最近都讀什麼書呢？」魚小章語調輕鬆地問著。

我在老阿帕的書店裡讀了很多書，我正在思索要說哪一本時，嘴巴卻搶快說出：「我讀了史坦貝克的《滄海遺珠》。」我根本沒有讀過這一本。

「你……居然讀史坦貝克的小說？」魚小章驚訝地叫了起來，那模樣彷彿親眼目睹我正吞下一條鱷魚。「你大概是全台灣第一個讀史坦貝克的青少年。天啊！我眞的不敢相信，還有年輕人願意讀這本書。」魚小章誇張地抱著頭，喃喃自語著。

我，麥子紅讀過海明威，聽過艾莉絲．孟若，但是我根本不知道史坦貝克是誰。

但是接下來，我卻滔滔不絕地說著：「我尤其喜歡史坦貝克的《伊甸園東》，當一個作家告訴你，他之前出版的小說，全都是為了寫這本書而做的練習，這本書肯定是一部經典。事實上它的確是一部傑作，整本書充滿人生的智慧。」

「這也是我最喜歡的一本書耶！」魚小章彷彿一個人在荒島獨自生活了三十年，有一天突然看到另一個人划著一艘小船上岸那般的激動，她終於可以把憋了三十年的荒島生活說給別人聽了。

「書裡有一個角色最讓我震驚，一個內心殘障的女人凱塞，為達目的不擇手段，內心冷酷無情，放火燒死自己的父母，槍殺她的救命恩人，一生只為自己而活，你很難相信一個人怎麼會如此沒有半點人性。最後，她的兒子出現了，史坦貝克終於用他的筆在凱塞的心上畫出一條絲線般細長的柔軟的東西，那是什麼？是人性哪！這讓所有的讀者都鬆了一口氣，啊！這人總算還有一點點人性，就算只有髮絲這麼細微。」

「剛開始我也覺得很震驚，但是，這還是小說，高明的作家肯定會給她髮絲般細微的人性，因為那細微的東西區分了人與動物的不同。」我說。

魚小章走向書櫃，拿出一塊磚頭，喔，不是，是磚頭般厚的書。她走回客廳重新坐下，並且把書遞給我。我接過書，隨意翻開書頁，書頁上畫了許多線條。

「我看的版本和你的不一樣。」我翻開某一頁，指著某一個段落，很巧的，那個段落也被畫了紅線，還被圈了起來：「我最喜歡這段描寫：『她盼望的天堂，是一個衣服穿不髒、食物不用燒煮、碟子不用洗的地方。她暗中對天堂有些地方是不十分贊同的……她在天堂會找到事做的。那裡一定要有一些消耗時間的事做——熨平一些雲塊，爲一些疲倦的翅膀擦擦油，也許長袍的衣領該不時翻轉一次。只要你追究下去，即使在天堂，有些角落也會有蜘蛛網需要用掃帚清掃。』我覺得她和我媽媽很像。我媽媽就是這樣一個忙碌的人。」

「你媽媽應該只有四十幾歲吧！她是做什麼的？」魚小章的表情有一點困惑。

我必須從宋暖暖那兒搶回我的發言權了：「喔，我媽媽在舅舅的早餐店幫忙。」我把書還給魚小章。

「喔，這樣啊！」魚小章一臉疑惑地喃喃說著。她無法完成她腦子裡的怪異拼圖，因爲是兩片完全不同圖案的拼圖啊！

「大家都覺得老派的人才讀這種古老的小說，你說它久遠，但是再拉近來看，書裡的情節和現代的生活是有一些交集的。好的小說呈現的不僅僅是當下時代的觀察，最重要的是人的內在風景和生活，它們不會隨著歲月的遷移而有所不同。」魚小章興致高昂地翻到某一頁，指著書上的文字說：「你看，這個叫瑪麗的小女孩，從小就不想做女孩子，做女孩子是一件她永遠也不能習慣的事。她常常會編造一些可以把自己變成男孩的魔術，如果她睡覺的時候把膝蓋彎得剛剛好，把頭擺成某一個角度，兩手手指交叉，那麼隔天醒來她就是一個男生了。半個世紀以前就有人困在錯誤的身體裡，你以爲很遠，其實這些事，現在的每一天都還在發生。」

我下意識地又摸了一下肚子，總是擔心筆記本突然掉出來。

「我應該回家了。」我站起來，又摸了一下肚子。

魚小章看了一下手上的錶：「唉呀，快十二點了。你要不要留下來吃飯？」

「喔，不了，我們要回家吃飯。」

「好吧。對了，我有一個問題，聽猴子說，你沒有升上九年級，可是你的程度看起來比猴子那傢伙優一百倍耶！學校怎麼會讓你這樣的學生留級？需要我給校長寫一封信嗎？」

「我的成績很差，自願留級。」我說。

「自願留級？」魚小章叫了起來。我想魚小章今天受到不少的驚嚇。

「我希望可以把八年級的學科先讀懂，再升上九年級。」我說：「我很快就會申請跳級回到九年級。」

「你眞的是少見的奇葩。」魚小章點點頭說。

魚小章陪著我回到猴子家，子豐心不甘情不願地離開猴子的電腦。

離開前，我和猴子站在樓梯間，我說：「我們沒事了吧？是吧！」

「我從來不跟女生計較，不過，我要警告你，如果再出現一次這樣的事，我就會跟你計較到人生結束。」猴子舉著右手食指朝我的臉一邊點著，一邊認真地說。

「我保證，不會有下次了。」我鬆了一口氣，我喜歡猴子這個朋友。

「我知道你們之間有事。」子豐突然冒出一句。

我輕拍了一下他的腦袋，說：「有你的頭啦！什麼事都沒有啦！」

我手上揚著筆記本，對怪獸說：「這是你的筆記耶，我幫你拿回來了。」

怪獸背對著我，沒有說話。

「你看起來並沒有很高興。」

怪獸轉過身去，依然不願說話，舉起手往臉上抹了一把。

「怪獸，你在哭嗎？」

怪獸沒有回答我，她站起來，往暗處走去，終於消失不見！

11 兩百分的詩

這本筆記書像一個指節那麼厚，經過四十幾年歲月的浸染，封面和內部紙張都染上了咖啡色的斑點，紙色也褪色了。魚小章用塑膠封套保護著，看來她眞的很珍愛這本筆記。我小心翻閱著，漂亮整齊的字跡，每個字的大小幾乎一致，就算寫錯字也修改得很文雅。這本筆記應該收藏在國家圖書館，現在的人哪裡還能寫出這一手好字。

我一邊讀，一邊覺得不安，擔心自己翻閱的力道和鼻子的呼氣會毀了這本筆記。我拿出一個透明塑膠袋，小心翼翼地將筆記本收進袋子裡，再拿出影印本，這是剛剛經過巷口的便利商店時，臨時起意去複印了一份。我給複印本裝訂了淡藍色的封面和封底，捧在手裡的感覺就更像一本書了。

這本筆記和《非正常日記》一直相互呼應，也完全實踐了宋暖暖寫作的題材正是來自自身的生活體悟。這只是第一本，如果宋暖暖有第二本、第三本，那會有多精彩……

一邊閱讀筆記，一邊感受如波浪般漫過來的憂傷，那是宋暖暖的憂傷，或許也是我的，我已經搞不清楚了。

尤其當我讀到這首詩的時候，驚訝到差一點忘記呼吸！

〈白雪〉

藍色只想佔領天空
綠色只想擁有森林
紫色粉紅色的小花只想待在山坡上
太陽也許有那麼一點點企圖
想把世界彩繪成金黃色
但是黑色已經統治了黑夜
太陽需要魔法才辦得到
從來沒有一種顏色想要統治世界
除了白色，他是最霸氣的顏色
從不掩飾想佔領世界的決心

每年冬天，他派出雪白的雪
鋪天蓋地地吞沒森林
覆蓋人類居住的城市
當世界一片銀白
他幾乎就要成功了，沒想到
春天帶著暖暖的微笑來了
逼得白雪一路從城市、山坡、森林節節敗退
最後退守高山
寂寞地等候下一個冬季

小學四年級的時候，從來沒見過雪的我寫了這首詩，得了兩百分。

這一刻，我再也不能說宋暖暖是宋暖暖，我是我。宋暖暖一直以來就是我的一部分。

宋暖暖的大好前程毀在一個莫名其妙的人身上，雖然是四十幾年前的事，現在看來還眞是叫人生氣。也許這就是她的人生劇本，她注定要在大宇宙書店買稿紙，注定要將稿子交給不熟的書店老闆，手稿注定要遺失，然後宋暖暖的記憶注定要和我的重疊，爲的就是要我去找出眞相。

我願意用留級一百次來交換這本筆記。

我拿出筆記本，寫下幾個需要釐清的疑點。

《非正常日記》的書稿真的被搶走了嗎？何存德肯定知道所有的事。

誰把書拿去出版，卻在緊要關頭煞車？

誰這麼大膽，把不知道作者是誰的作品拿去出版，還沿用原來的書名？如果不是膽子太大，就是另有動機。

筆記裡記錄了老阿帕去質問書店老闆，他聽到老阿帕看過那本小說就慌了。為什麼慌了？既然有人讀過，書店老闆就不敢也不可能拿去出版呀？如果是心虛害怕，應該燒掉手稿，半點證據都不留下才是安全的，他為什麼不這麼做？也許，也許，也許稿子眞的被搶走了！

怪獸！怪獸！怪獸！

我喊了好幾聲，就是不見怪獸的影子。

「你出來，我不會再罵你了，我總算明白你的心情了。怪獸，你出來好嗎？」

整個世界無聲無息。

「怪獸，你出來，我心甘情願做你的奴隸。」

也許怪獸走了！不是也許，是怪獸真的走了。

她在的時候，我這麼恨她；她離開了，我卻感到憂傷。

就在我傷心之時，一隻白色的憂傷小綿羊從暗處走了出來，她的眼眶裡盈滿了淚水。

我再也忍不住，抱著小綿羊嚎啕大哭起來。

12

大風暴

傍晚，媽媽回來了。

聽到開門聲，我趕緊走出房間，討好地來到客廳想幫點什麼忙。媽媽臭著一張臉，將手上拎著的幾個飯盒重重地擺在餐桌上。媽媽的臉超臭的，肯定受了什麼氣，這時候千萬記得，什麼話都不要說，不要招惹臭臉的人。

我悄悄轉身想溜回房間。

「麥子紅，你給我站住！」媽媽用冰冷又嚴厲的聲調叫住我。

完蛋了，不會在便當店遇見黃老師或是萬子老師吧！

我轉身面對怒氣沖沖的媽媽，媽媽的臉眞的好恐怖！眉頭緊緊皺著，眼睛和鼻孔變大，以便裝下快溢出的憤怒！當一個人對大腦下達憤怒的指令，臉上的每一條細微神經線就立即到位，集體創造出一張恐怖至極的臉！

「留級？你留級？」媽媽尖叫起來：「讀書讀到留級？我們居然不知道？」

我的心瞬間墜落到後腳跟！這下真的完蛋了！

這時候，大門傳來鑰匙轉動的聲音。爸爸回來了。一定是媽媽要他趕回來，處理我留級的事情。

「怎麼會留級呢？」剛進家門的爸爸一臉憂慮地說：「學校怎麼沒跟我們說，就讓你留級了？」

該怎麼說呢？

「你乾脆留在那裡，等你弟弟升上中學好了。」媽媽站起來忿忿地說著。她走到廚房，開了水龍頭又關掉，又氣沖沖地走回餐桌，坐下。

「你這麼聰明，怎麼會留級？你爸爸爲了我們全家人，差一點中槍死掉，你居然用留級來報答他？」媽媽的聲音因爲憤怒而顫抖著。

該怎麼說呢？

「你打算什麼時候才要告訴我們？」媽媽看著我，停頓一下又繼續說：「要不是今天在便當店遇見黃老師，我們一輩子也不會知道。黃老師問我：『麥子紅在八年級適應得如何？』我還一頭霧水，怎麼會是八年級？是九年級呀！黃老師也很震驚，她不知道那天和她講電話的人不是你爸爸……那個冒充你爸爸的人是誰？」

「阿紅，你是不是被那個人騙了？」爸爸的憂慮大於憤怒。

「我保證畢業之前就跳級回到原來的年級，這樣可以了吧！如果我做不到，我就休學去開計程車和老爸輪班。」我扯著嗓門說。

「都留級了，你應該考不上計程車的執照吧！」子豐嘲諷地說著。這個臭小子坐在沙發上看熱鬧，還懂得落井下石。

媽媽坐在餐桌前，神情凝重，她把頭轉開看著陽台。弟弟見苗頭不對，不敢再吭聲。我也不知道該如何是好，只好站在原地等著挨罵。

「你這些日子放學後沒有立刻回家，你告訴我說在學校溫習功課，黃老師卻說學校根本沒有學生留下來溫習功課。你到底在外面忙什麼？你到底有什麼問題？」媽媽站起來，一副想破口大罵的樣子，卻又即時壓抑住：「你心裡有事就不能用說的嗎？一定要用這種方式抗議嗎？把世界翻攪得天翻地覆，心理就平衡了嗎？你不說我們怎麼知道？怎麼去了解你？」

媽媽說完，怒瞪著一雙眼睛，等著我說些什麼，等著我說明白爲什麼我會變成這樣。我的心一片慌亂，我該從何說起呢？我緊抿著嘴，不知道該如何是好。

爸爸看看媽媽，再看看我，一副欲言又止的樣子，最後還是問了：「你暑假去那個什麼二手書屋打工，是不是那個老闆讓你這樣做的？」爸爸還眞會聯想。

「不關他的事。」我說。

「那你說啊，到底爲什麼要自願留級？」媽媽又叫了起來。

「課業跟不上就留級囉！」我硬著頭皮說。

「隨便你，你長大了，有事不需要和我們商量了，隨便你了。」媽媽走進房間，用力地關上房門。我聽見媽媽終於崩潰地哭了！

「留級又怎樣？就當我是個笨蛋好了！」我賭氣地對著媽媽的房門大叫。留級也許眞的是個爛點子，是我人生中最糟糕的決定。當一個人不知道該如何解釋自己行爲的時候，大聲回話是唯一能做的抵抗，然後我假裝氣沖沖地回房間，也用力地甩門。

爸爸站在我的房門口，慢慢說著：「我和你媽也只是想知道爲什麼，我們都很關心你，也擔心你交到什麼奇怪的朋友變壞或是被利用。我們只是想保護你，你不可以用剛剛那種態度對媽媽。」

爸爸在門口站了一會兒，才拖著鞋跟離開。

用留級這麼壯烈的方式，只爲了一本筆記，値得嗎？我無法確切地回答値得還是不値得，因爲我的確接近了猴子，也拿到了筆記，作家宋暖暖的手稿遺失事件有很大的進展，不値得嗎？

但留級這件事，不僅僅是我一個人的事，我的爸媽和弟弟都覺得我讓他們丟臉死了！我應該轉學，我們全家應該要搬家，才能擺脫養孩子養到留級這麼讓人難堪的事。

親愛的爸爸媽媽，等整個事件落幕，我會變成乖巧的麥子紅，我會跳級回到九年級。我會成爲一個很有用的人。

咎由自取的多災多難的可悲的星期六。

我叫著：「小綿羊，小綿羊。」

怪獸走了，還好，我還有一隻小綿羊。

小綿羊看起來不像之前那麼憂傷了。

「我在想，你不會剛剛好有什麼魔法，讓我明天就回到九年級，並且回復一切名聲吧？」

小綿羊將她毛茸茸的頭鑽到我的右手手掌下，我撫摸著她溫暖又柔軟的毛髮。

「我什麼魔法都沒有，時間就是最好的魔法，只要時間不停，事情總會過去，也許三天兩天，也許一個星期，無論如何都會過去的。沒有一件事會在原地踏步不前的。」

是的，我一定會升上九年級，只要時間不停。

時間根本不會停，手錶才會。

第三部

1 貓的前世記憶

我是侯至軒，大家都叫我猴子。

我弄丟了阿姨珍藏的《暖暖生活筆記》，覺得很過意不去。這兩天我幾乎把整個家給掀翻了，就是找不到筆記。難不成被老鼠或蟑螂給咬走了？當然不是。我百分之兩百相信，筆記是被壞學姊拿走的，我希望壞學姊自己把筆記交出來，而不是讓我開口質疑她是小偷。

無論如何，今天一定要旁敲側擊地套出筆記的下落才行。確定不是她，我才能放掉這條線索，展開新的調查。筆記如果不是壞學姊偷走的，那是誰拿走的？難道是她的弟弟麥子豐？他在我房間待了兩個鐘頭玩電腦遊戲，他離開的時候兩手空空，應該不是他。

我坐在位子上吃早餐，壞學姊無精打采地走進教室，用腫著的一雙眼睛看了我一眼。

「你昨晚沒睡覺，去當蝙蝠俠了嗎？」說完這句話，我自己都覺得蠢斃了。

壞學姊沒理我，掛上書包後立即趴在桌上。

她昨晚一定徹夜哭泣，眼睛才會腫成那樣。

「我有一杯豆漿還沒喝，你要喝嗎？」這樣的時刻不太適合質疑她偷走了筆記。

她倏地直起身子，甩了甩頭髮說：「拿來。」我趕緊遞上豆漿。

她拿出一條手帕遞給我：「可以麻煩你幫我把這條手帕沾濕嗎？我想敷一下眼睛。」

我二話不說地接過手帕走出教室，到水槽那兒把手帕沾濕再走回教室。對一個前一晚哭得很慘的女生，是不用計較太多的。經歷了那麼多的事，被誣陷了好幾次，最後我都選擇原諒她，我知道她肯定有一個很悲慘的家庭，才導致如此偏差的行為，我對她的同情和體諒多過憤怒。

壞學姊敷了一下眼睛，忽然把手帕拿下來，發現我還盯著她看，凶巴巴地瞪著我問：「你幹嘛這樣看我？」

「你哭過以後可以用冰塊敷眼睛，第二天眼睛就不會腫腫的。」我好心提醒。

「誰哭了？我只是水喝太多了好嗎？」壞學姊強辯著。

早自習時間，萬子走進教室。他看著大家，目光在壞學姊臉上多停留了幾秒鐘，才緩緩地說：「昨天晚上，我家的麵包死了。」

「噢！」台下響起一陣哀嘆。

「老師，你很傷心嗎？」沒差小姐問。

「八年前，牠不知道被誰扔出家門，開始在外面流浪。某一天黃昏我們在街角相遇，我帶牠回家，牠在我家想吃就吃、想睡就睡地度過牠的一生。我們相互陪伴了八年，如今牠走了，我眞的很傷心。不過，我沒有遺憾。」萬子的眼睛紅了起來。

「老師，你相信麵包的靈魂會在你家逗留嗎？」壞學姊舉手發問。

「世界上的確存在著某些我們無法解釋的現象。不過，到目前爲止，還沒有出現任何麵包的靈魂在屋子裡逗留的跡象，所以不存在相信或不相信的問題。」

「那你相信人有前世嗎？」壞學姊又問：「麵包會不會有一天成爲某隻貓的前世呢？」

同學們大笑起來。

「我不否定有這種可能，因爲被報導過的關於轉世的新聞還挺多的。輪迴的學問太深奧，我沒有特別研究。」萬子說。

「你們可能是這樣想的，一隻貓，擁有狗的記憶會有什麼痛苦呢？但是如果換位思考，你們就會了解，貓常常感到困惑，爲什麼每次有人靠近住家，牠就立即提高警覺，覺得保護家人是牠的責任。和別的貓聊天的時候，貓發現其他的貓都不會這麼想，牠們只需要保持優雅和偶而耍萌逗主人開心就好了，打架咬小偷這種暴力又粗魯的事，輪不到貓，那是狗的工作。貓很疑惑，自己怎麼會用狗的思維來思考呢？你們會笑，是因爲你們不理解貓的痛苦和矛盾。」壞學姊劈里啪啦一口氣說完。

我驚訝地看著壞學姊，想起之前她曾經說過她的前世是作家，難道她眞的有前世記憶？

教室裡忽然吵雜起來，大家熱烈地討論著貓的前世是狗；老鼠的前世是大象；又或者老鷹的前世是母雞；牠們都帶著前世的記憶生活在這一世……

「我覺得大家都可以寫作一篇很精彩的關於動物前世的故事。」萬子做了結論。

鐘聲響起，早自習結束。

我回頭看了看壞學姊，她眼神呆滯地看著桌上的課本，她肯定遭遇了什麼傷心事。

第一節下課，我轉頭小聲地對壞學姊說：「我有點相信你說的是眞的了。」

「哪一件事是眞的？貓的前世是狗這件事嗎？」她居然裝傻。

「不是，是你的前世是作家這件事。」

「有多相信？」

「幾乎百分之八十相信。」

「剩下百分之二十，是怎樣？」

「對任何事情都要保留一點懷疑的空間。」我認眞地說著。

「你這傢伙什麼時候變得這麼會說話？」壞學姊歪著頭仰著下巴斜眼瞪著我說。壞學姊回來了。「爲什麼以前不信，現在就信了？」

「早自習時，你發表的貓的前世是狗的說法，很難不叫人懷疑；更早之前，你說過你的前世是作家。所以我現在有點兒相信了。你的前世不會剛剛好寫了一本《暖暖生活筆記》

吧？」我看著壞學姊的眼睛，如果她說謊我一定會知道。

我看見了，她的嘴角抖了一下。

「什麼什麼筆記？」壞學姊也盯著我的眼睛，冷靜地回問。

「一本很像手寫日記的筆記。」我說。

「我不知道你在說什麼。」她一個字一個字清楚地說著。

我們兩個好像警探在審問機靈的疑犯。

「我的房間裝有監視器。」

壞學姊眉毛上揚了一下，幅度雖然很小，我看得可清楚了。她很震驚，但是仍然努力保持鎮定。

「你看到什麼？」

「我看到你拿走了我一樣東西。」

「你的房間根本沒有監視器，傻瓜才會在自己房間安裝監視器。」

「為什麼這麼說？」我房間是沒有監視器，假裝有，是在誘敵。

「我沒有拿走你房間裡的任何東西，別忘了我兩手空空上樓和你阿姨聊了一個小時，你阿姨可以作證。」

繼續諜對諜。

「放學後，你要不要到我家，看一看監視畫面？」我說這些話的時候，眼睛眨都不眨一下地盯著壞學姊的眼睛。

伶牙俐嘴的壞學姊沒話說了，就是她拿走的。

「還來。」我把手伸過去。

「你不需要故弄玄虛，那本筆記就在你的書包裡，你只是想羅織罪名給我。」壞學姊將身體靠向椅背，兩手交叉在胸前，歪著頭仰著下巴看著我，一副看好戲的表情。

「不可能，我早上整理過書包。」我說。

我心裡慌了，不會眞的混在課本裡吧？壞學姊怎麼知道在我的書包裡？唯一的可能就是，她趁我不注意的時候放進去的。對了，就是剛剛，剛剛她讓我離開教室去沾濕她的手帕，她便趁那空檔把筆記放回我的書包；這跟她第一次把山藥掉包成橡皮擦，誣賴我的伎倆同出一轍。

絕對是這樣。這下該怎麼辦？翻書包就輸了，不過還是得確定筆記是否眞的在書包裡，那是阿姨的東西哪！

管不了那麼多！我翻開書包，果然，筆記塞在課本中間。

「以後沒有證據不要亂誣賴人，沒有監視器也不要亂說有監視器。」壞學姊在我背後冷冷地說著。

我懶得回頭去看她，明明是她放進去的，但是我偏偏沒有證據證明是她做的。沒關係，不跟她計較那麼多了，筆記可以還給阿姨，也總算解決這件煩心的事。

吃過午飯，我剛剛上完廁所，在樓梯轉角遇見萬子老師和壞學姊在說話。我退回廁所，站在門邊聽著。

「你的留級肯定是學校的失誤，你如果同意，我來寫份報告，讓你回到原來的班級。開學才一個多月，九年級的課業我們找些時間補回來，應該追得上。」萬子說。

「謝謝老師，我會用自己的方法升上九年級。就快要段考了。」壞學姊說。

「用實力證明你屬於九年級，挺好的。」萬子點點頭，停頓了幾秒鐘，才說：「你留級是爲了接近猴子，是嗎？」

壞學姊留級是爲了接近我？爲什麼？我非常驚訝，萬子是從哪一點判斷出來的？

「你爲什麼會這樣想？」壞學姊也感到驚訝。

萬子眨著彷彿洞察一切的雙眼，看著壞學姊說：「你和猴子不是眞的親戚吧！我和黃老師聊過了。」

壞學姊垂下眼皮，一副絕望的樣子。

「早上我也和你媽媽通過電話了，我很確定電話那端眞的是你媽媽。我告訴她，你在我們班表現得超乎想像的好，請她不要太過擔憂。」

壞學姊抬起頭看著萬子，不敢相信自己聽到什麼。

「如果你想找人聊聊，我很樂意傾聽。」萬子說。

鐘聲響了。萬子下樓，壞學姊走回教室。我走出廁所。

我以爲我是壞學姊挑中的軟柿子，沒想到我是她留級的目標。我有什麼？筆記嗎？但是筆記又不是我的。難道她知道阿姨手上有這本筆記？她知道魚小章是我阿姨，她才故意留級接近我，只爲了取得筆記？很有可能。但是，因爲這樣就留級，也太笨了吧！

爲什麼浩瀚書店的阿德老闆也對那本筆記感興趣？其中有太多謎團了。

放學後，我把筆記拿到影印店裡影印了一份，再把筆記還給阿姨。

「在哪兒找到的？」阿姨欣喜若狂，小心地檢查筆記是否有毀損。

「一直在我的書包裡。」我不能沒有證據，就說是壞學姊拿走又放回我的書包。

「你每天背來背去都沒發現？」

「沒有。我一直以爲它是作業本。」我只能繼續鬼扯。

「那個麥子紅……」阿姨停頓了一下，點了點頭後才接著說：「很有意思，這麼年輕就喜歡史坦貝克，很有潛力。」

我在心裡潑了壞學姊冷水，是喔，如果你和她相處，你會發現她其實相當暴力，而且是個非常危險的恐怖分子。

2 跟蹤

週末下午兩點，我準時來到浩瀚書店報到，這是最後一次了。

捲髮店長拿來席慕容的《七里香》遞給我：「今天來讀詩吧！」

「謝謝。」接過書，我忍不住一直笑著。

「不相信世界上有這麼好的事情，對吧！」捲髮店長笑著說。

我點點頭表示同意。

「窗邊的沙發今天有人坐了，你隨便找個不會影響別人走動的地方坐下閱讀。」捲髮店長說。

窗邊的沙發上坐著一個整張臉幾乎被頭髮遮蓋的男生，大概是九年級或是高一生，他正在閱讀。捲髮店長小聲地告訴我：「那個位置可不是一般人能坐的，我們和學校合作，犯錯的學生用閱讀三本書抵銷一個小過。你本來要被記小過的。」

櫃檯結帳鈴響了，捲髮店長拍拍我的手臂，走去櫃檯幫客人結帳。

浩瀚書店簡直就是一間模範書店，爲什麼壞學姊這麼恨它？壞學姊也曾經被處罰坐在那裡抵銷一個小過嗎？

我繞了一圈，尋找可以讓我坐三個小時安靜閱讀的地方，忽然看見上次和阿德老闆起口角的老先生走進店裡，他四處張望了一下，不見阿德老闆，就和捲髮店長交談了幾句。老先生看起來有點失望地走出書店，在店門口站了好一會兒。

我回想著，阿德老闆之前拿著報紙，告訴這位老先生有人登報了，還提到在調查幾十年前的事，最重要的是他們提到一本書，什麼好好的書就這樣毀掉很可惜；加上阿德老闆對《暖暖生活筆記》過度關切，還有壞學姊可能爲了我，噢，不是，是爲了這本筆記而故意留級，我懷疑這個老先生一定也和這件事有關。

我趕緊走到櫃檯，把書還給捲髮店長說：「店長，我今天可以請假嗎？我家裡有些事要先回家。」

「嗯，那你就先回家吧！要補回來喔，你們這些小鬼，回家就會一直看電視，不會看書的啦！」

「會啦，我都有在看書啦！」我的眼角餘光瞥見老先生走出騎樓了。

「下個星期我會再來。」我趕緊跑出書店，跟在老先生後面。這老人家長得並不高，但是身子壯碩，走路還挺快的。我也不曉得跟著他要幹嘛，也許找機會問他一些事。他從左營大路一路走到內惟市場，彎進派出所旁邊的巷子，我也跟著彎進去。一個拐彎，就看見他雙手抱胸站在巷子轉角，不懷好意地看著我：「小朋友，你爲什麼跟蹤我？」

沒料到自己跟蹤的技巧太差被發現了，我結結巴巴、支支吾吾地說著：「我……我是……想問你……一些事。」唉，連說謊都不會，我應該說：這條路我不能走嗎？

「在書店時就可以問了，爲什麼要跟蹤到這裡才問？」

「因爲……是……因爲……我一直在想怎麼問比較妥當。」

他看著我，一副不相信我的樣子。「問吧，你想問什麼？」

「浩瀚書店和大宇宙書店是不是有關係？」

他看我的眼神瞬間變了，眼眸裡有驚訝也有困惑。

「你怎麼不去問浩瀚書店的老闆？」

「我那天聽到你和阿德老闆在爭吵，我想也許你聽過大宇宙書店和一本奇怪的書。」

他鬆開抱在胸前的雙手，將雙手插進褲子口袋裡，用力地嘆了一大口氣。

「你從哪裡得知大宇宙書店和那本書？」

「我看過一本手寫筆記，裡面有記載。」

「不關我的事的，我只是印刷廠的員工，負責銷毀一批書，然後我做了一件不應該做的事，我偷藏了十本應該銷毀的書。唉，沒想到惹出這麼多事。」

賓果！只要鍥而不捨，眞相就會冒出頭來！

「我家就在那裡，進去喝杯水吧！」老人家指著後面一棟樸素的二層樓房說著。

也好，我正想上廁所。趁著進廁所的時候，我給壞學姊打電話，讓她來一趟。如果她留級是爲了接近我，接近我是爲了取得這本筆記，那麼她應該有興趣聽聽這個老人家說的故事。

壞學姊接起電話，我壓低聲音說：「我知道你看過《暖暖生活筆記》……」

「我沒有。」眞是死鴨子嘴硬。

「我現在在內惟派出所後面巷子一個老先生的家裡，這個老先生以前是印刷廠的員工，四十幾年前他負責銷毀一批書……」

「你再說一遍你在哪裡？我立刻過去。」壞學姊的口氣急了。

我把剛剛默記的門牌號碼告訴壞學姊，按掉電話後回到客廳，喝了杯水。

「你是那個登廣告尋書的人嗎？」老先生問。

我一頭霧水。「我沒有登廣告尋書。誰登廣告找書？找《非正常日記》這本書嗎？」是壞學姊登的廣告嗎？

「既然不是你，那麼，你和這些事有什麼關係？」老先生又問。

門鈴響了，壞學姊坐噴射機來的嗎？那麼快就到了。

進門的不是壞學姊，竟然是浩瀚書店的阿德老闆！用膝蓋想都知道，是老先生通知阿德老闆過來的。

「阿德老闆是爲了筆記來的吧！」我說。

「的確是。我想跟你借那本筆記看一看，可不可以？」阿德老闆很誠懇地說：「只是看一看。」

「等我弄清楚一些事情之後再說好嗎？我現在無法決定。」也許等壞學姊來了再做打算。

「我沒有惡意，只是想了解筆記的內容。」

「浩瀚書店以前的名字是不是叫大宇宙書店？」我直接問了。

門鈴又響了。

壞學姊走進客廳，很驚訝阿德老闆也在。

我對壞學姊說：「這位老先生就是當年負責銷毀《非正常日記》的印刷廠員工。我剛剛問阿德老闆，浩瀚書店以前的名字是不是叫大宇宙書店？」

「我早就知道了，大宇宙書店後來改名爲浩瀚書店。」壞學姊瞪著阿德老闆說。

「你早就知道？」我好不容易查出來的線索，居然一點都不值錢。

阿德老闆看看大家，遲疑了好一會兒，才艱難地說：「對，浩瀚書店以前就叫做大宇宙書店。」

「是你父親拿走了宋暖暖的《非正常日記》書稿？」壞學姊尖著嗓門問。

原來筆記裡記錄的每一件事都是眞的，是假借眾多分身寫成的眞實的日記。

「事情不是你想的那樣，它更複雜一些。」阿德老闆急切地說著：「我父親的確拿走了書稿，但是，他把書稿送到出版社途中，被歹徒搶走了。」

「這麼巧，被搶走了？」壞學姊幾乎叫了起來：「誰要搶手稿啊？宋暖暖又不是有名的大作家，搶她的手稿有什麼用啊？」

「搶匪搶東西的時候，會問你包包裡裝什麼東西嗎？當然就是先假設裡面有錢啊！」阿德老闆激動地說。

「這就是你事先設想好的說詞，對不對？你應該早就盤算好了，什麼樣的問題有什麼樣的答案。」壞學姊冷冷地說。

「你是宋暖暖的什麼人？你憑什麼這樣指責我？」阿德老闆不回答問題，反而拋出另一個問題。

老人家、阿德老闆和我，我們三個人一起安靜地看著壞學姊，等著她回應。

是啊，壞學姊這麼激動，到底是宋暖暖的什麼人哪？

壞學姊也安靜下來，然後冷靜地說：「很多年前，她到我的夢裡托夢，拜託我找出眞相。所有的線索都是她給我的。不然，你們以爲我吃飽閒閒沒事幹，跳進來跟你們窮攪和？」

我的腦子繼續轉著，是啊，如果不是托夢，又不是宋暖暖的家人，她從何得知這些線索？但是這樣的說法又無法讓人百分百地相信，托夢這種事根本拿不出什麼證據來證明，總不能你說了算啊……

壞學姊沒說的是：宋暖暖是我的前世，那些線索是我一出生就跟來的。

「然後呢？既然書稿被搶走了，為什麼又被印成書？路克是誰？不會是你父親吧！偽裝成被搶，私下拿去出版？」壞學姊露出她的招牌姿勢，歪著頭仰著下巴問。

這時候，一個老太太綳著一張臉走下樓梯，沒好氣地說：「你們是怎樣？吵架嗎？睡個午覺也不得安寧。」

「就是她把我的書拿去賣掉。」老先生指著老太太，不悅地說著。

「還在說，一本書五千塊你不賣，你是要抱著書睡覺嗎？」老太太看起來挺凶的。

誰這麼大手筆，用五千塊收購一本《非正常日記》？

「楊太太，不好意思，打擾了。」阿德老闆鞠躬表達歉意。

「我退休以後，每天待在家裡，她看見我就煩。」楊老先生委屈地說。

「你不要每天嘮叨個沒完，我怎麼會看見你就煩！」楊太太不悅地說：「書賣掉就賣掉了，每天嘮叨個沒完沒了，你們說煩不煩哪！」

「我們出去聊好了，真是太打擾了。」阿德老闆說。

我們被楊老太太嚇到，一下子就擠到大門邊，準備出去。楊老先生臨出門前，轉身對太太丟下一句：「我難得有朋友來，你那是什麼態度？」

四個《非正常日記》的關係人，坐上阿德老闆的車，來到最近的一家咖啡館。

「眞不好意思，我和我太太前輩子可能欠著對方什麼，這輩子來還的。還得不乾不脆，連好好說話都難。」在車上楊老先生頻頻道歉。

前輩子欠的債，這輩子來還……

我看了壞學姊一眼，她仰著下巴看著窗外，可能也在咀嚼「前輩子」這三個字吧！

3 何一諾的信

阿德老闆和楊老先生點了咖啡，我和壞學姊點了果汁和起司蛋糕。

經過楊老太太的火爆介入，意外地緩解了剛才劍拔弩張的氣氛，此刻大家似乎都心平氣和了。

「如果不是老先生好奇地偷藏了十本《非正常日記》，這就會是一樁極其完美的犯罪事件。」我說。

「當年我負責運送那批書去銷毀，兩千本的書直接銷毀，而不是送去紙廠做成紙漿，我覺得很可惜，想知道究竟是什麼書已經印好了卻不能上市。於是我偷偷藏了十本，以爲神不知鬼不覺，事情也過了四十幾年，以爲就這樣了。沒想到去年有人登了一則尋書啓事，一本書用五千塊收購，我家那老太婆啊，就把書架上的三本全拿去賣了。」

「藏了十本，賣了三本，其他的書呢？」壞學姊問。

「有的兒子拿走了，有的朋友來訪喜歡就拿走了，還有幾本誰拿走的也不曉得，最後留在書架上的只剩三本。」楊老先生說。

「其實我手上也有書，在某間二手書店買到了一本，書上有出版社和印刷廠的電話，但是那些電話早就不管用了，出版社也老早就倒了。後來我查訪印刷廠輾轉才找到老楊，我要他把所有的書都賣給我，他說來不及了，全部賣掉了。」阿德老闆說。

「當初爲何要銷毀那批書呢？」我實在很好奇。

「出版社後來發現手稿是偷來的，那個路克根本就是小偷，冒充原作者和出版社簽約，才及時在上市前踩煞車。」阿德老闆說。

「誰告訴出版社手稿是偷來的？」壞學姊問：「他怎麼會知道手稿已經在出版社？」

「是我的父親。他跑遍每一家出版社，告訴他們，如果收到這樣的稿子、這樣的故事就要小心，千萬不要出版，會被告的。」阿德老闆輕輕地嘆了一口氣，接著說：「我父親當時的確想隱瞞這件事，因爲羅文柏一口咬定是我父親藏起手稿想自己出版，這讓我父親很鬱悶啊！他希望做一些彌補，便三天兩頭到警察局詢問是否有搶匪的消息，把警察都問煩了。」

壞學姊將背部靠向椅背，嘆了一口氣後說：「我們應該相信這是眞的嗎？」

「這件事發生的時候，我才十歲。我小時候就常常看見羅文柏，也就是阿帕，到書店來吵鬧，有一次他還把整個書架給推倒。我爸爸永遠只有一句話：『稿子眞的被搶走了。』但是阿帕就是不信。那一段時間他不斷騷擾我們家，一直到十二年前我父親過世，阿帕來書店的次數才逐漸減少。後來，我整理父親的遺物時，發現了一封信，是父親親手寫給我的信。」

阿德老闆緩緩地從提袋裡拿出一封信，取出裡頭的信件，說：「我沒有給任何人看過這封信，連我的女兒也沒看過。我希望在她的心目中，我的父親、她的爺爺永遠是一個儒雅又熱情的書店經營者。」阿德老闆把信推到壞學姊面前：「這封信帶給我很大的痛苦，我甚至一度矇騙自己，從來都沒有這封信。」

壞學姊伸手去拿信時，信被阿德老闆的大手壓著：「這是我的誠意，希望可以交換到你們的誠意。」

我趕緊從背包裡拿出筆記的影印本放在桌上，說：「你只能在這裡看。我做了標記，和書有關的文章都貼了標籤。」

阿德老闆把信重新推到壞學姊面前，再接過我遞過去的筆記，翻開筆記讀了起來。

壞學姊把信展開，一封染上歲月痕跡的信，紙張都泛黃了。我湊過去一起讀著。

存德吾兒：

還記得那個莽漢阿帕嗎？往後的日子，如果他持續糾纏，你千萬不要和他起衝突，他有些猜測其實是猜對了。

一個賣書的人，其實也賣品格，賣理念，賣理想，人世間的大是大非，透過書寫傳遞出去。

我做錯了一件事，我得告訴你真相。

當我讀完宋暖暖的書稿後，我實在太喜歡這部小說了。宋暖暖根本就是個寫作天才。我徹夜未眠，一個念頭竄進腦門：我要把這部作品佔為己有。成為作家一直是我的夢想，我曾經寫過一本書，但是被我任職出版社的同學退稿了。這次是我反擊的機會。我決定天亮後就將稿子送去出版社，給老同學瞧瞧，這部作品絕對可以讓我在老同學面前爭回一口氣。回頭我再告訴那女孩，書稿被搶走了。她這麼年輕，還有很多機會。我這麼說服自己。就這麼辦。我沒想到後果，一心認定，只要用筆名出版，就不會被揭發。

天亮後，吃過早餐，我就出門了。

我坐計程車直達出版社樓下，出版社就位在郵局樓上的辦公大樓。我剛剛下車，才走幾步路，有個穿黑衣、戴著棒球帽的男人從我背後搶走了我裝著書稿的背包，然後匆忙逃逸，當我反應過來開始拔腿狂追時，他已經鑽進巷子，不知去向了。

我慌張地在巷子裡跑來跑去，我知道我不可能找回來了，但是我還是像一隻迷路的鴨子，在每一條巷子跑來跑去。

最後，我去報警了，做了筆錄，警察告訴我說，找回來的機率是零。

回程的路上，我終於意識到為什麼我無法成為一個作家，因為我找不到適當的詞句來描繪我當下的心情。

我彷彿剛被一隻熊狠狠地撕咬，震驚的、罪惡的、羞愧的、報應的，這些字眼是我殘存的碎片，讓人們辨識我這個人。兒啊，我希望那不是我，但他真的是我。

我這不是一語成讖嗎？我本來想使壞搶了這份手稿當成自己的，結果，書稿卻真的被搶走了。是我邪惡的意念促成了這件搶案。

阿德，這是老天爺在懲罰我罪惡的心思。

我惡毒的意念，讓這一切真實地發生了！我毀了一個天才作家，我也毀了我自己。我的後半生隨著宋小姐車禍離世，永遠陷入泥沼裡。

這就是阿帕追尋的真相，請在我百年之後，將這封信交給阿帕。原諒我的懦弱。

僅以此信，告誡我兒，為人真誠，才能安樂；心要寧靜，唯有不貪。

父何一諾留

讀完信，我抬起頭來，看著正在閱讀筆記的阿德老闆，他的眼眶紅了，淚水在打轉。

壞學姊的目光還沒有從信紙離開，她還在讀，也許她正在判斷這封信是真的還是假的，她臉上的表情看起來比捉弄我的時候更讓人害怕。

阿德老闆翻完筆記了。「我這十多年來，只想維護父親的名譽。阿帕莽撞衝動，萬一事情鬧大，上了新聞，我們何家……」

「所以你才不把這封信拿給老阿帕看，對吧？如果你早早給他看，他就不會煩你了。」壞學姊說。

「你知道那個阿帕，有一次還把我的鼻子給打斷了嗎？我後來乾脆不再理他，他根本是個瘋子。我告訴他的都是實話，我說稿子被搶走了，他壓根兒不信。就算把信給他看，他也不會相信，他只相信他想像並且編造出來的那個版本。」阿德老闆轉頭看著落地窗外的馬路，說著：「我父親過世之後，他就不常來了。既然不來了，事情也算是落幕了，幹嘛拿這封信去把已經沉澱的池水再攪得混濁呢？」

很長的足以讓咖啡冷卻的沉默，眞相彷彿已經明朗，再也沒有什麼可說的了。

原來，這本書稿眞的被搶了，小偷讀了稿子覺得還不錯，便冒充作者賣給出版社，還給了一個筆名，就叫路克。這個路克到底是誰？他這麼大膽，搶來一份手稿，交給出版社哄騙編輯，也許只想立刻拿一筆錢，原作者是誰他一點也不在意，出版以後也不關他的事。還好這是一間有良知的出版社，知道眞相後，就算賠錢也立即踩了煞車。

「你爲什麼執意要收回那幾本《非正常日記》？你的行爲讓你看起來就像一名嫌疑犯。」

壞學姊問。

「以前阿帕三天兩頭就衝進書店，指著人家的鼻子罵『騙子、騙子、騙子』，只要有一本書在世界某處流浪，我的父親就永遠無法擺脫騙子的汙名。」阿德老闆說。

「做人眞的好辛苦。」楊老先生感慨地說。

4 又一起風暴

離開咖啡館之後，壞學姊對我說：「走吧！我帶你去一個地方，既然你已經涉入這件事了，這個人你應該見一見。」

「我知道，那個是你爺爺又不是你爺爺，給你送便當的人。」

「你這人哪裡有毛病啊？我幾時說過他是我爺爺？」

「你說他『算是』你爸爸。哼，我現在會把你說的話用篩子篩一篩，篩剩下來的那一點點碎片可能就是實話。」

「你眞的變得不一樣了，看來是我讓你從磨難中長大了。」壞學姊眞會自我抬舉。

「你留級只爲了從我這兒拿走筆記？如果是，那你也太笨了，你直接跟我阿姨借去讀一讀，她一定會借你。」

「我從九年級教室走到八年七班教室門口，把侯至軒叫出來，說：『帶我去見你阿姨，我想跟她借一本書。』你會不會理我？」

我很努力地想像那畫面：從來沒見過面，就帶她去找阿姨？

「會吧！你只是想借一本書而已，不是嗎？沒關係吧！」

「哼，你看你有多笨。我只要借一套學校的制服穿上，跑到八年七班找你，你大好人一個，馬上就把我帶去見你阿姨，我如果是黑道的探子，準備佈線綁架你阿姨，你不是就中招了嗎？」

我啞口無言。壞學姊就有這樣的本事，讓你覺得自己眞的是一個容易被利用的大笨蛋。不過，黑道綁架我那窮光蛋作家阿姨要幹嘛？

「我留級，是因爲我想留級。」壞學姊說。

我們穿過大街小巷走了半個小時，來到一間「阿帕暖暖書屋」。

「阿帕暖暖！」我驚訝地抱著頭，大叫起來：「居然是阿帕暖暖！怎麼可能？」

我實在太驚訝了！彷彿剛剛看完一部電影，一轉頭就看見女主角坐在我右邊的位子；又好像你讀了一部小說，某天突然發現小說寫的都是眞的。

「那個不是你爺爺的老爺爺，不會就是阿帕吧！」我喃喃說著。

壞學姊完全不搭理我，推開玻璃門走進書店。那個給壞學姊送便當的老爺爺，戴著老花眼鏡坐在櫃檯前正讀著一本書。

「老阿帕，我帶同學來了。他是侯至軒，魚小章是他阿姨。」

老阿帕摘下老花眼鏡，親切地伸出手握著我迎上去的手。

「我們見過的，開學第一天在校門口，你要我拿便當給八年七班的麥子紅，記不記得？」我亢奮得像一隻過動的猴子。

「我想起來了，是你啊，還眞巧呢！」老阿帕也很驚訝。

「麥子紅一會兒說你是她爸爸，一會兒又說你是她爺爺。」我仰著下巴故意說著。

「她就愛胡說。」老阿帕笑著說。

「從那天開始，我就在麥子紅的魔爪下過著悲慘的日子。」我哀怨地說著。

壞學姊直接走到廚房，打開冰箱拿出兩罐可樂，遞一罐給我。

我們三人坐在靠近牆角的沙發上。

「老阿帕，我們剛剛見了浩瀚書店的何存德，現在要把所有的眞相告訴你……」

壞學姊話還沒說完，突然有人用力推開玻璃門，發出很大的碰撞聲。

一個女人帶著麥子豐，還有兩個警察，神情嚴肅地踏進書店。

我、老阿帕和壞學姊全站了起來，這是怎麼回事？連警察都來了。

「媽，你這是在幹嘛呀！」壞學姊大聲叫著。

「警察先生，就是他，就是他。」麥媽媽指著老阿帕對警察說。

「我怎麼了？」老阿帕用手指著自己的胸口問。

「有人指控你誘拐未成年少女。」其中一個警察對老阿帕說。

「我誘拐未成年少女？」老阿帕不可置信地吼叫起來：「誰說的？」

麥媽媽把子豐推到大家面前，說：「他說的，他是證人。他說麥子紅常常往這裡跑，老爺爺還會給姊姊錢。」麥媽媽氣得一張臉紅通通的。

壞學姊氣得大叫起來：「麥子豐，你什麼都不知道，卻在亂說什麼呀！」

「姊姊，我不是故意要告密的。媽媽聽說你不回來吃飯，就在那裡唸來唸去，說你不知道在外面搞什麼鬼？我才說你可能在阿帕暖暖書屋，書店老闆對你很好……姊姊，我只想讓媽媽放心……」麥子豐說著哭了起來。

「媽，老阿帕是我的朋友，我們的關係不是你想的那樣，我發誓。」壞學姊提高音量解釋著。

「那他為什麼給你錢？你就這麼缺錢嗎？你想買什麼不能跟我們商量嗎？」麥媽媽眼眶紅了，說話的聲音也哽咽了。

「他給我錢，是因為我在這兒打工，他付我薪水哪！」

「麥媽媽、警察先生，我可以證明，阿帕和麥子紅是朋友關係。」我試著說些什麼：

「他只是偶而幫麥子紅送便當……」

「你還給麥子紅送便當？還說你沒有企圖？」麥媽媽指著老阿帕的鼻子吼著。

天啊，我是愈幫愈忙嘛！

「警察先生，你聽到了嗎？這個老男人給一個小女孩送便當，這用意還不明白嗎？」麥媽媽一副立刻要把老阿帕送進監牢的模樣。

「媽，你是怎樣啊，你可不可以先聽別人說話啊？」壞學姊尖叫著說。

書店門口站了幾個看熱鬧的路人。

「這位先生，請跟我們到警察局說明。」警察看現場吵鬧不休，只好走向老阿帕。

「要說就在這裡說，我沒有犯罪，幹嘛去警察局？」老阿帕大聲地說：「我只是個賣書的。」

「媽，你是要我恨你是嗎？不聽人解釋，就要把老阿帕帶去關起來是嗎？」

「就是他幫你一起騙老師，假裝是你爸爸，是不是？」麥媽媽指著老阿帕問壞學姊，見女兒不回答，就轉向老阿帕發飆：「你年紀這麼老了，當爺爺都還有剩，沒有勸她做正確的事，還幫著一起爲非作歹。你說，你說，你居什麼心？」

壞學姊近乎瘋狂地吼叫：「媽，是我拜託他的，我說他不幫忙我就要找別人，他爲了不讓我冒險然後被別人抓住把柄，這才幫我的。你搞清楚才罵人可不可以？」

我趕緊從背包裡拿出筆記，在麥媽媽面前晃著：「麥媽媽，麥媽媽，你聽我說，都是因爲這本筆記。你冷靜下來，讀幾頁你就知道老阿帕是誰了，他不是你想的那種人，他是爺爺也不是爺爺，我們都叫他爺爺……」要讓一個接近瘋狂的太太冷靜下來，眞不是一件容易的事。

麥媽媽終於不再激動，她從我手上接過筆記，試著讓心跳的速度緩下來。

「麥媽媽，你先讓警察離開，我們說個故事給你聽，你就會明白了。」我繼續安撫她。

麥媽媽的目光在所有人面前掃了一遍，臉上的線條柔和了許多，最後她對警察說：「警察先生，不好意思，也許有誤會，我先弄清楚是怎麼回事。如果眞有什麼事，你們知道這個人和這間書店就在這裡。眞的不好意思。」

「既然這樣，接下來的事就請你們自己處理了。」警察說完，又看了老阿帕一眼，就離開了。

老阿帕看起來很不高興，但是他表現得像一個紳士，沒有大聲叫嚷解釋。麥媽媽竟然以爲他是拐騙未成年少女的變態老色狼，難怪他會臭著一張臉生悶氣。

我們在閱讀區重新坐下。

「媽，我現在要跟你講的東西，你也許會有一點熟悉，那是我還很小的時候，你就聽我說過，卻都不願意相信的事。」壞學姊喝了一口可樂緩和情緒，繼續說著：「我和老阿帕，嗯，我認識老阿帕很久了，很久很久以前就認識了，現在才又重新認識一次，因爲以前認識他的那個人並不是現在的我……」

壞學姊說了一些話，卻不知道自己在說什麼。

「麥媽媽，我來幫麥子紅說好了。你可能會覺得很不可思議，但是，這裡有一些證據，聽過之後再決定要不要相信。我認爲麥子紅有宋暖暖的前世記憶。也就是說，麥子紅的前世就是作家宋暖暖，這本筆記是宋暖暖寫的，裡面記錄了很多事，有些事麥子紅是記得的，而阿帕就是宋暖暖生前最好的朋友。」我簡單扼要地說。

麥媽媽吃驚到說不出話來！

「你記得我以前曾經說過，我的前世是作家，她車禍死了，你還叫我不要亂說……記不記得？」壞學姊說。

「我記得，我記得了。我還記得，你在幼稚園的時候，你跟老師說你姓宋。啊，原來……」麥媽媽一副恍然大悟的模樣：「我們那時候都不相信。誰會相信這樣的事呢！」

「對，每次我告訴你們，你們都叫我不要亂說話，我乾脆什麼都不說了。」壞學姊說。

「報紙上曾經讀過這類的故事，我都認爲是假的。」麥媽媽說。

「剛開始我也無法相信，哪有這種事，簡直是怪力亂神。但是，當證據和巧合一件一件地冒出來，由不得你不信了。」老阿帕說。

「還好，你的前世不是在宋朝或秦朝，不是遺失竹簡詩詞的書生，否則眞的不知道該怎麼幫你了，只能玩穿越了。」我搞笑地說：「如果我的前世是山頂洞人，那就好玩了。」

接下來，壞學姊就從自己如何記錄整理腦袋裡的片段，串出一個宋暖暖和一本書說起，然後在網路上搜尋到阿帕暖暖，終於在阿帕這兒見到《非正常日記》這本書。然後作家魚小章到書店打聽《非正常日記》的時候，提到了宋暖暖的筆記本，於是她自願留級，只爲了取得筆記。

「你這個笨孩子，方法有一千萬種，你竟然選擇最笨的方法！」麥媽媽抱怨著。

「你以爲最笨的方法，當你回頭看，就會覺得那其實是最好的方法。」壞學姊又開始和麥媽媽鬥嘴了。

「誰會知道當下的決定是最好的？都是事後諸葛。」麥媽媽說。

「對，每件事都跟你們商量，你們就會是事前曹操。」壞學姊不甘示弱地挖苦著說。

「曹操也不是每件事都是對的……」麥媽媽又轟了過來。

也許壞學姊這一身伶牙俐嘴的功夫是跟她媽媽學的。

「那你說說，曹操哪個決定是錯的？」壞學姊眞是戰鬥力十足。

「我知道，我知道，曹操有機會殺劉備卻放他一馬，結果……」我搶著說出答案。

「這位同學，我們有問你嗎？」麥媽媽不悅地看著我。

「我媽把三國連續劇看了N遍，可以倒背如流了。」壞學姊笑著說。

「不要再說連續劇了，我這兒有不少三國的書，誰有興趣誰拿去讀，免費。」老阿帕說話了。

麥媽媽看著老阿帕，一臉抱歉地說：「阿帕先生，眞不好意思，沒弄清楚狀況就帶警察來，造成你的困擾。眞的非常對不起。」

「沒關係，弄清楚就行了。」老阿帕搖搖手，苦笑著說。

離開阿帕暖暖書屋時，天色已經完全暗了，街燈也亮了。壞學姊和她媽媽、弟弟坐上計程車，消失在燈火通明的街道中。

我回頭看了一眼阿帕暖暖書屋，一度以爲自己不小心掉進兔子洞，經歷了一個精彩的故事；現在鑽出洞穴，竟然無法分辨眞實與虛構，甚至有好幾秒鐘，我想不起來回家的路要往左還是往右？我覺得生命中很多事情都是注定的，我注定遇見壞學姊，注定被捉弄，注定故事這樣發展，注定我的生命因爲這些事而有很大的啓發與成長。

我又想起阿姨說過的話：「你如果這樣想，你遇見的所有倒楣的事，都只是要讓你看見故事，你就不會覺得損失很大。」

今天，我和壞學姊總算把這個撲朔迷離、迂迴曲折的故事給看得清清楚楚了。

5 心機很重的蟬

這學期第一次定期評量成績出來了，壞學姊的成績是全班第一名。

一個留級生第一學期第一次段考就考了全班第一名。

落差那麼大，一定是有人搞錯了？學校的留級制度有問題，這人只是考差了一次，就讓她留級？她如果不是天才，就是高明的作弊者？

這是什麼故事啊，奮發向上的勵志故事嗎？

「她在九年級是最後一名，在八年級拿第一名，這是怎樣？」阿珠下課的時候把我拉出教室對我說。

「在大山當小嘍囉，在小山當大王。」李保安說：「好像也挺不錯的。」

「不要在別人背後說人家壞話。」我偷偷察看了一下，確定壞學姊並不在視線裡。他們不知道說壞學姊的壞話被她聽到，下場會很慘。

萬子老師走進教室，將作業簿和課本放在講桌上，雙手插入褲子口袋裡，看著大家說：「誰可以告訴我，卑鄙的人類在這個星期又做了什麼？」

「有一隻鯨魚死了，牠的肚子裡裝著滿滿的人類製造的垃圾……」沒差小姐只有在萬子老師的課堂才會勇於發言。「人類製造太多的垃圾，陸地裝不下，溢到大海去了。」

「卑鄙的山老鼠砍倒了一棵七百歲的牛樟木。」

「一隻大海龜的鼻子插著一根吸管，牠無法自己拿下那根吸管，眞的好悲慘。」

「請持續關注地球上和人類共同生活的動物們的遭遇，持續警惕自己，不要成爲卑鄙大人類的成員。放棄太舒適的生活，讓出空間，讓出乾淨的大自然環境，才是地球的永續。」萬子第一次這麼正經八百地說話。「明天，我們的麥子紅同學就要回到九年級了。雖然大家相處的時間不長，但也是一種緣分，既然這麼難得能在同一間教室上課，我們用鼓掌的方式給彼此祝福吧！」

教室裡響起一陣熱烈的掌聲。

對我而言，壞學姊不只是這個班級的一個過客而已，她好像是被安排到這裡把我叫醒的。我會想念她的。

幾天後的週末，我和壞學姊相約在阿帕暖暖書屋。老阿帕正好要出門，他請我們幫忙顧店兩個小時。

壞學姊一坐下來，就滔滔不絕地說著回到九年九班之後的情形。

「老同學們歪著頭看我，一副不可置信的模樣。你知道嗎，我有一個比較好的同學叫趙亮芬，她走過來給我一個擁抱，歡迎我回來。她說每年夏天結束，秋天來了好一會兒，天氣也變涼了，蟬在夏天集體喧囂結束之後，總是會有一隻或兩隻蟬，遲遲才甦醒，在蕭瑟的寂靜的秋天裡進行最後的吶喊，因爲沒有競爭，叫聲顯得特別響亮，就好像沒有樂隊伴奏的男高音，用清亮的歌聲打動人心。她說我就像那隻蟬，心機很重。」

「她居然敢說你心機很重，簡直不想活了。」我說。

「我超級喜歡這麼直率的諷刺。」壞學姊看著我問：「你也覺得那隻蟬心機很重嗎？」

這是陷阱題，我要小心回答。

「那隻最後鳴叫的蟬，一定會有人認爲牠是故意的，故意在最後才露一手，讓大家驚豔。但是，我不認爲一隻潛藏在地底的蟬的幼蟲，可以忍耐或控制自己生長的速度，等到所有的幼蟲都蛻變成蟬，直到夏天結束，自己才像大明星那樣登台作秀，吸引眾人目光。我不認爲蟬可以做到那樣。」我說。

「就是嘛，事情哪有這麼複雜，那隻蟬留在最後才嘶吼，是因爲牠喜歡聽見自己的聲音。」壞學姊說。

「牠最後鑽出地底，這才發現世界只剩牠自己和牠的聲音，牠不得不聽自己的聲音，叫著叫著，聽著聽著，牠突然覺得，那聲音因爲太孤獨而顯得難聽，於是牠開始思索怎麼叫才會比較好聽。」我很有感觸地說著：「牠們吶喊，是爲了尋找伴侶交配，這麼慢才出來，叫給誰聽啊？女朋友們都死了。所以，那蟬，其實是在哭。只是人類不懂。」

「你還眞會鬼扯！你阿姨是不是有給你進行什麼寫作特訓？」

我覺得壞學姊有一點變了，她歪著頭仰著下巴斜眼看人的招牌動作好像不見了。

「偶而會有一些指導。」我說：「有時候我也想寫一些小說什麼的，像我們家巷子住著一個流氓，我想要寫一個流氓的故事，我去他家幫他刷過馬桶。」

「你被吸收了？」壞學姊很驚訝我居然會認識流氓。

「我才沒有那麼軟弱，他也不是什麼凶狠的流氓。我還要寫萬子老師和我阿嬤的故事。我阿嬤最近變得很不愛講話，失智的症狀就是話愈來愈少，最後就不再說話了。」講到阿嬤，我發現我有點兒想哭，她最近連鑰匙都不藏了，因爲她不記得自己有一串很重要的鑰匙了。

壞學姊假裝生氣地說：「你就寫阿嬤的故事，幹嘛還寫萬子，都被你寫光了，我寫什麼？」

「你寫你自己的故事啊！書名我都幫你想好了，叫做《重疊人生》。」

「什麼重疊人生？難聽死了。我的第一本書要寫萬子，萬子的前世是一隻手掌被拿去煮湯的黑熊，這一世才會用每一天咒罵人類。」

「好憂傷的故事喔！但是，你扭曲了萬子，是人類在地球上生活，卻擺出一副我是老大的樣子，眞的很卑鄙。」

「你看你，一整個被萬子洗腦了。總之，萬子從前世轉世到這一世的過程中，一定出了一些差錯，才讓他變成現在這個樣子。」

「總之，我要寫一本書，在書裡藏著一個天大的線索，一個也許需要一百年的時間和智慧才可以解開的秘密。」我說。

「我們來一場競賽如何？看看誰的書可以先出版？」壞學姊興奮地提議。

「獎品是什麼？」我很有興趣。

「輸了就成爲對方的奴隸。」

「你可不可以更有創意一點啊？奴隸？眞無聊。」我不屑地說：「輸的人要爲贏的人寫十篇不同風格的書評，怎麼樣？」

「臭猴子，有時候我還眞羨慕你，你很有想像力，想法也很獨特；而我呢，腦子裡的某些觀點，有時來自宋暖暖，有時來自我自己，有時很高明，有時又很幼稚。」

「我想這是一種共生，也是一種優勢，你有兩個腦袋、有四隻眼睛去對應這個世界。」

「我現在才眞正覺得，重疊，也不是一件壞事。」壞學姊難得感性地說著：「這件事眞相大白之後，我的心寧靜多了，不再老是想著去激怒誰，好轉移內心的煩躁。」

「你們打算怎麼處理《非正常日記》這本書？」

「眞相攤在陽光下了，公道也還給宋暖暖了，我們把筆記和書都送給宋暖暖的妹妹宋慈。她覺得很不可思議，一直到我們離開，她都還半信半疑。」

「其實故事還沒結束。找出路克，整件事才算落幕吧！」忽然間，我感覺血液在奔騰：「嘿，我們就來寫一本小說怎麼樣？」

「寫小說？」壞學姊睜大眼睛看著我。

「也許小說可以把路克給引出來，這個路克也許會讀。他喜歡《非正常日記》就表示他很識貨，所以，我們就用這本書引蛇出洞。」

「就算路克從書裡看見自己的故事，也未必會現身，誰會在多年以後跳出來，承認自己曾經是小偷？」

「不管他現不現身，我們先把書寫出來，書名就訂爲《尋找路克》，你看他出不出來。」

「萬一這個路克已經死了呢？」壞學姊悲觀地說。

「我們沒有損失，反而得到一個故事和一本書，還有錢，哈哈，有錢耶！」

「一個字都沒有寫，就想到雞生蛋，蛋又孵小雞，小雞長大又生蛋。」

「那我們一起來寫這個故事，怎麼樣？我們都在故事裡啊！」我激動得站起來跳兩下。

「好像可以耶！我們把《非正常日記》和《暖暖生活筆記》放進書裡，然後作者有三個人，宋暖暖、麥子紅和侯至軒。如果有人追問，宋暖暖是誰……」

「我們就說她是神秘第三人。」我發現我的聲音在發抖。

神秘第三人！

宋暖暖的靈魂如果還在人間逗留，對這個安排應該會挺滿意的。

6 阿嬤的小木盒子

吃晚餐的時候，我對阿姨說：「麥子紅回到九年級了。」

「我就說嘛！這種程度也會留級，天都要下紅雨了。」阿姨放下碗筷，關心地問：「他們要重新出版《非正常日記》這本書嗎？」

「沒打算重新出版。」我調整了一下坐姿，當著大家的面，宣布我這輩子最重要的一個決定：「我要和麥子紅合寫一部小說，我們會把《非正常日記》和《暖暖生活筆記》放進書裡。」

「你這樣會耽誤功課的。」媽媽一桶冷水當頭潑下。

「欸，中學就想寫小說，多偉大的抱負。要支持！」阿姨瞪著媽媽，提高音量說：「我支持你，需要什麼協助，我就在這裡。」

「誰要出版國中生寫的作文？你們也太天真了。」至柔潑了另一桶冷水。

「中秋節記趣才是作文。我們要寫的是小說，搞清楚好嗎？」我提醒她。

阿嬤坐在一旁，只是傻傻地看著我們。幾天前她發燒住院三天，出院後的身體狀況就像溜滑梯一樣，下滑到無法自己吃飯、上廁所。我一邊餵她吃飯，一邊對她說：「阿嬤，我要寫小說喔，我長大要當作家。我現在應該長大了。」

「兩個人怎麼寫一部小說？」爸爸好奇地問。

「我們會先討論故事，再確定章節，然後分配誰寫哪個章節，最後再交換彼此寫的章節，再把小說調整一下，讓故事的腔調呈現一致性。」我說。

「誰教你這麼做的？」媽媽很驚訝。

「我和麥子紅討論了好久，才決定下來的方式。」我說。

「眞是天才，我完全無用武之地。」阿姨點點頭說。

我又餵了阿嬤一口飯：「阿嬤，我正在練習成爲一個作家喔，你慢一點變老，慢一點忘記我，這樣才可以看到我的新書。」

阿嬤很專心地嚼著嘴裡的飯菜。

「阿嬤不再找鑰匙了。」至柔憂傷地說。

人老了，失智了，所有的回憶都遺忘了，以前最重要的事也變得一點都不重要了。

「阿嬤很在意的那個鐵箱子裡，有另一個上鎖的小木盒子，裡面不知道裝著什麼？我們要不要打開來看一看呢？」我想寫阿嬤的故事，木盒子裡的東西肯定可以寫一個章節。

餐桌上的每一個人都看著阿嬤，心裡搖擺著道德的天秤。

「雖然阿嬤腦子不靈光了，但是那還是阿嬤的東西。」爸爸說。

「就是啊，不能說阿嬤現在不會買東西了，就拿走她所有的錢。」至柔說。

「親家母現在是無行為能力者，妹夫又是獨子，沒有其他有意見的人。你們有權利處理她的東西。」阿姨說。

「如果小盒子裡的東西太私人，擅自打開會不會侵犯阿嬤的隱私權？」媽媽說。

「裡面會是什麼呢？」我胡亂猜著：「我猜可能是阿公和阿嬤的定情戒指。」

「可能是金鍊子、金戒指之類的東西，老人家身邊都會有這些東西。」媽媽說。

「一封初戀情人的信。」阿姨說。

「幾枚金幣，很多錢的那種。」至柔說。

「裡面不會是錢，阿嬤沒什麼錢。」爸爸說：「我們還是尊重阿嬤，不要擅自打開小盒子。」

「至柔你吃飽了，換你餵阿嬤，讓哥哥吃飯。」媽媽說。

我和至柔換了位置。

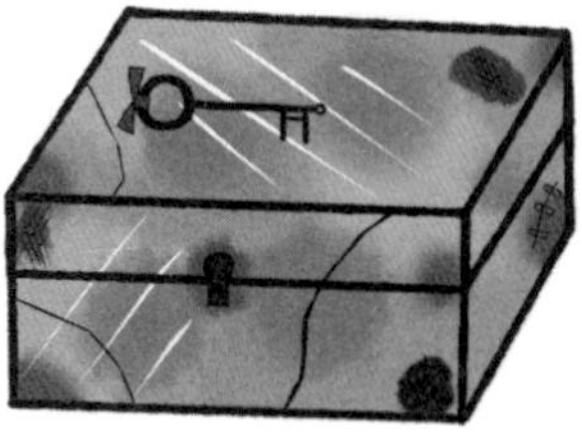

吃過飯，大家坐在客廳看電視，我和阿姨在洗碗。爸爸突然捧著阿嬤的鐵箱子來到客廳。媽媽叫了起來：「不是說要尊重阿嬤嗎？」

「我又想了，萬一鎖在小盒子裡的是一個遺憾呢？我們有機會幫阿嬤解除遺憾，不是很好嗎？」爸爸說。

好像很有道理，我和阿姨放下廚房的碗筷來到客廳，我們可不想錯過阿嬤的寶貝。

爸爸先打開大鐵箱子，箱子裡有存摺、印章、阿嬤的身分證件，還有過世阿公的身分證、駕照和菸斗；另外有五枚戒指、兩條黃金金項鍊，還有幾條沒用過卻已泛黃的白手帕、阿公用過的梳子。

爸爸再打開小木盒子，裡面躺著一顆牙齒，還是蛀了一個大洞的牙齒。

幾乎所有的人都叫了起來：「什麼？竟然是一顆牙齒！」

牙齒被鑽了一個小洞，穿上了一條紅色的繩子，做成一條牙齒項鍊。

小木盒子底下躺著一張對折的紙。

上頭寫著：

侯蔡靜妹，一九八〇年六月七日拔掉智齒一顆，

擔心靜妹會變成笨蛋，商請醫師將此顆牙齒鑽洞，

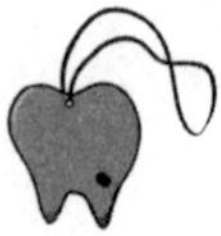

製成項鍊，掛在頸上，如此才終於保住靜妹那一點小聰明。

夫阿橫敬贈

客廳爆出一陣大笑，每個人都笑了，笑阿公好幽默。阿嬤也微微笑著，好像明白大家在笑什麼。

「媽，這是誰的牙齒？」爸爸把項鍊拿到阿嬤眼前晃著。

阿嬤抓住項鍊，把玩著說：「我的牙齒。」大家又一陣歡呼，阿嬤好久沒說話了，不管她說什麼，大家都好高興。

笑著笑著，媽媽掉下眼淚，阿姨眼眶也紅了，大家都好感動，我們的阿公好愛阿嬤，阿嬤好幸福。

爸爸紅著眼睛，把項鍊掛在阿嬤脖子上：「你就是忘記掛上這條項鍊，才會什麼都記不住。」

好溫馨的一個夜晚，每個人都很高興，我們打開了一個充滿愛的記憶的鐵箱子。

上床睡覺時，不遠處的麻將聲依然吵著，一下洗牌一下碰牌，一下大聲叫囂，吵得人很難入睡，就算入睡了也很容易驚醒。

半夜兩點，警車來了，閃爍的警示燈在窗邊閃動，眞是太好了，終於有人報警了。

沒多久，打麻將的聲音停了。

警車才剛剛離開，另一個更可怕的聲音把整條巷子正在睡覺的人都吵醒了。

我聽見林大雄的聲音在巷子裡吼著：「是誰？是誰跟我林大雄過不去，你敢報警，就表示你也敢下樓來跟我單挑。到底是誰？給我下來！打個麻將是怎樣？叫警察來把我的客人都趕走，是怎樣？有種，再把警察叫回來把我拉去關，否則我就在這裡讓大家都不用睡覺……」

「不要這樣吵啦！走啦，走啦！眞的吵到人家了。」

「有種來按我家門鈴嘛！叫警察來是什麼意思？跟我過不去嘛！看我沒有嘛……」

我拉開窗簾的一角偷看，看見林大雄被另一個男子給拉走了，他還朝空氣揮了幾個空拳。整條巷子終於安靜下來。

我拿出筆記本，把林大雄剛剛發神經大吼大叫的那些話記錄下來。

有一天，我是一定要寫林大雄的故事的。

7 最後一塊拼圖

這本書最終取名爲《非正常日記》。

放棄《尋找路克》這個書名，是因爲不想讓這個小偷成爲主角，不想讓他在暗處裡得意。

這本書寫了一年，隔年的暑假結束前，書終於完成了。阿姨說她不介入，免得別人以爲這本書是靠她的關係才得以出版，而不是這本書的體質非常優良。我們列出五間出版社，決定逐一拜訪，結果出乎意料，我們拜訪的第一家出版社就決定採用了。

我和壞學姊兩個人欣喜若狂，走出出版社後，在馬路上抱在一起又跳又叫，不理別人誤以爲我們是一對瘋狂的小情侶。接著，我們都莫名其妙地流下眼淚。

「我們去告訴老阿帕。」壞學姊將手上捏下來的鼻涕往我身上抹，我從口袋掏出面紙遞給她，再抽出一張擦掉她的鼻涕。我指著她的鼻子，嚴厲地說著：「麥子紅，我警告你，這是最後一次讓你這麼對我。」

老阿帕是第一個知道書即將出版的人。

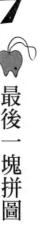

「真的呀！」老阿帕的眼睛睜得又圓又大，他看起來也非常高興。沒多久他也跟我們一樣，前一秒還在笑，後一秒就哭了。他轉開臉去，躲進廁所，好久才出來。

「我請你們去吃大餐慶祝一下。」老阿帕一邊說，一邊把手機遞給壞學姊：「打電話回家，告訴家裡你們晚上跟老阿帕吃飯。」

我們很用力地忍著，不在電話裡提到書被出版社採用的事，這種事應該當面說。

在餐廳吃飯的時候，我還因為太過興奮而微微顫抖，有多少人的夢想可以在中學階段就實現，這都要感謝宋暖暖和壞學姊。我們如實地將發生在我們身上的故事寫成小說，真實的事件卻詭異得像小說情節。

興奮激動的心情一直持續到十月，拿到新書的那天，壞學姊已經升上高中，我也升上九年級。我們在老阿帕的書店裡，拿著新書翻過來翻過去，看了一整個下午都看不膩。書的封面是一本褪色的藍色日記本，封面左上角寫著書名《非正常日記》，也是日記本的名字；右下角呈現一種因為翻閱而造成的蓬鬆感，許多關鍵字從蓬鬆的縫隙中鑽了出來。作者寫著麥子紅、侯至軒和宋暖暖。故事裡的天才作家我們採用了宋暖暖的本名，讓讀者自己去聯想，書中角色的名字和作者的名字相同，這是否是真人真事呢？

最後我們決定只要有人提問，就這樣回答：「這本書就是一個故事，作者的名字也是故事的一部分。我不會告訴你更多關於宋暖暖的事，你就當她是神秘第三人吧！」

中學生寫的書被大出版社採用出版，是件大事，我成了學校的風雲人物，上了校刊封面，也上了電視。

新書發表會的場地選在阿德老闆的浩瀚書店，當天眞是萬頭攢動，差點兒就把書店給擠爆了。這都要歸功學校的宣傳，參加新書發表會的大都是我們學校和壞學姊學校的學生。

阿姨感慨地說：「眞是長江後浪推前浪啊！什麼時候，我的新書發表會才會有這麼多人啊！」

阿姨提醒我們，第二部小說，才是眞正的考驗，在沒有那麼多眞實事件可以入味的情況下，要爲小說添加什麼動人的東西，就是一種高深的技巧了。

當天，我和壞學姊簽名簽到手都痠了。

出版社還告訴我們，銷售狀況非常好，還有人一箱一箱地買來贈送給許多學校，因爲我們成爲中學生的典範了。

老阿帕買了一個新的書櫃，一整個書櫃都擺上《非正常日記》。我們在阿帕暖暖書屋舉辦了第二場新書發表會，這是一場小型的聚會，沒有媒體，只有親朋好友在此小聚。

書店前擺著一張長桌，長桌上擺著一些簡單的飲料和餐點。

壞學姊的同學趙亮芬也來了，那是我第一次見到壞學姊的朋友。壞學姊也有朋友呢。

趙亮芬拿起新書晃了兩下，問壞學姊：「這是你的故事吧？故意留級都寫進書裡了。」

「你眞的認爲這部小說寫的是眞的？」壞學姊歪著頭仰著下巴，裝出很驚訝的表情問著。好久不見的壞學姊招牌動作又重出江湖了。

「難道是你編造的？」趙亮芬一副戒備的模樣。

「我何需編造？眞眞假假，眞似假，假亦亂眞，誰知道。小說就是這樣，有一點眞又有一點假。」壞學姊故作高深地說著。

「如果你告訴我，你阿嬤家受到多次驚嚇的發糕後來怎麼了，我就告訴你留級背後的秘密。」

「你確定？」趙亮芬的眉毛揚了起來，她應該很高興自己成功吊了壞學姊的胃口。我聽壞學姊說過她刻意發出聲音驚嚇發糕的故事。

「確定。快說。」

「我阿嬤家有一個很大的灶，就是用木柴燃燒的那種，一個大蒸籠裡有二十二碗發糕，只有兩個……」趙亮芬舉起右手，比出二的手勢。

「只發了兩個？」

「不，只有兩個不發。」

「你阿嬤家的發糕有練過膽子，只有兩個被嚇到。」眞有意思的發糕，在不同人的家裡展現不同的意志。「這件事的結論就是，發糕嚇一跳沒關係，但是不能說它們的壞話。」壞學姊下了結論。

「該你說了。」趙亮芬說。

「我的前世真的是宋暖暖，書裡的每一個情節都是真的。」壞學姊居然這麼坦白。

「不會吧！怎麼看都是個虛構的故事。」趙亮芬又翻了幾頁，讀了起來。

真有意思，壞學姊說了實話反而沒人相信。趙亮芬懷疑有些部分是真的，當有人告訴她是真的，她又開始懷疑是假的，這可能就是小說的魅力吧！

這時候，一個戴著灰色鴨舌帽、穿著藍色格子襯衫和卡其褲的老先生走近長桌，拿起一本書，摸摸封面再翻翻書頁，讀著作者簡介以及阿姨寫的推薦序，期間還拒絕老阿帕遞過去的一杯紅茶。他在人群中看起來很突出，像一個紳士。他的穿著看起來不像剛巧經過的路人甲，而像是特意趕過來赴宴的。

他拿了兩本書去結帳，結完帳，走到我和壞學姊身旁，指著作者的名字問：「這個宋暖暖是誰呢？」

「神秘第三人。」我說。

他的臉上一直帶著微笑：「神秘第三人的梗，設計得挺好的，很難不讓人猜測這個故事的真實性。書裡的人物變成作者之一，真有創意。那麼，路克呢？」

聽到路克這兩個字，我和壞學姊同時瞪大眼睛，看著這個老先生。

「路克，後來怎麼了？」

「小說留了伏筆，路克生死未卜。」壞學姊說：「大概死了。」

「路克的下落一點都不重要。他不是這本書的靈魂人物，他一點都不重要。」老人說。

「既然不重要，你爲什麼要問？」壞學姊繼續追問。

「路克是整本書裡唯一的壞人，他的出現肯定產生了一些作用，雖然把宋暖暖送上死路，讓大宇宙書店的老闆鬱鬱而終，有沒有可能路克其實知道所有發生的事？他一直在暗處關注，他也被這些事折磨痛苦了一生，而現在，路克卻因爲這些事催生了兩位新生代的作家而感受到一點點的安慰。讓路克繼續生死未卜，甚至下落不明，是整本小說唯一讓人覺得遺憾的地方。」

我看著這個老先生，快速在心裡推算，那個路克當時幾歲呢？如果現在還活著，會不會就是這麼老了？這人是作家前輩好意指點後輩，還是他就是路克？想讓大家知道他其實沒那麼壞，他也爲這所有的不幸痛苦著？

「那麼，你覺得，怎樣安排路克比較好呢？」壞學姊用銳利的眼神看著老先生。

「如果是我來寫結局，我會讓這本書出版後，每個月都有神秘的大筆的銷售數字，偏鄉的某些中學，會突然收到一大箱的贈書。那意味著改邪歸正的路克，努力地在彌補年輕時犯下的錯誤。」老先生面帶笑容地說著。

我和壞學姊看著老先生，心裡有些東西在發酵，我不確定是什麼，我好像應該想起什麼，但是我沒有。

「唉呀，在兩位作家面前班門弄斧了。」老先生將手上的兩本書遞給壞學姊：「請幫我簽名吧！」

「請問一下，書要寫誰的名字呢？」壞學姊看著老先生問。

老先生遲疑了一下，稍稍彎下腰，小聲地說：「就寫路克吧！」

國家圖書館出版品預行編目資料

壞學姊 / 張友漁著. –初版. --臺北市：遠流，
2017.07
面； 公分. --（綠蠹魚叢書；YLNA32）

ISBN 978-957-32-8029-3（平裝）

859.6 106009521

綠蠹魚叢書YLNA32

壞學姊

作者 / 張友漁

資深主編 / 鄭祥琳
封面插畫 / 徐至宏　內頁插畫 / 徐至宏、范雅晴
封面設計 / 徐至宏
行銷企劃 / 鍾曼靈
出版一部總編輯暨總監 / 王明雪

發行人 / 王榮文
出版發行 / 遠流出版事業股份有限公司
地址 / 104005 台北市中山北路一段11號13樓
電話 /（02）2571-0297　傳眞 /（02）2571-0197
郵撥 / 0189456-1

著作權顧問 / 蕭雄淋律師
2017年 7 月 1 日　初版一刷
2022年 4 月25日　初版九刷
定價 / 新台幣260元
缺頁或破損的書・請寄回更換

ISBN　978-957-32-8029-3
遠流博識網 http://www.ylib.com　E-mail:ylib@ylib.com